謝周六

都归因 著

九州出版社
JIUZHOUPRESS

图书在版编目（CIP）数据

谢周六／都归因著 . --北京：九州出版社，
2023.1

ISBN 978－7－5225－1563－2

Ⅰ.①谢… Ⅱ.①都… Ⅲ.①章回小说—中国—当代
Ⅳ.①I247.4

中国版本图书馆 CIP 数据核字（2022）第 231122 号

谢周六

作　　者　都归因　著
责任编辑　陈春玲
出版发行　九州出版社
地　　址　北京市西城区阜外大街甲 35 号（100037）
发行电话　（010）68992190/3/5/6
网　　址　www.jiuzhoupress.com
印　　刷　唐山才智印刷有限公司
开　　本　710 毫米×1000 毫米　16 开
印　　张　14
字　　数　174 千字
版　　次　2024 年 1 月第 1 版
印　　次　2024 年 1 月第 1 次印刷
书　　号　ISBN 978－7－5225－1563－2
定　　价　68.00 元

感谢书里出现的所有球队和朋友，没有你们，就没有这本书。

序

为君作序，甚幸之！

通篇读来，有血有肉，有声有色，快意驰骋，酣畅淋漓，虽未处其中，恰似身临其境！

我与晶晶相识十五载，足球是最强联系纽带，所写所悟，均可感同身受。另价值观、人生观、工作观、知识观我们相似无差，故每章每节均重响共鸣，境意相通。读至"父爱如山"章节，我竟感动至深，不能自持，泪堤破防！应该是老了！

写足球周志和写手术笔记如出一辙：赛前布置战术，热身小跑，恰似术前周密计划，复习解剖；场上积极拼抢，前突后防，恰似术中步步为营，精细雕琢；赛后回味比赛录像，捕捉细节，寻找精彩，恰似术后回顾手术视频，体会当时心情，抓住点滴精要。念念不忘，拳拳之心，终盼百尺竿头，更进一层。所以，万事要做好，都逃不脱"认真"二字！写书亦然！

晶晶新书，我看到的就是认真笔耕，更是心路历程，是血汗，是生活，是正能量的人生写照，是新青年的昂扬斗志！我辈犹有很多理想尚未实现，一起努力，一起进步，共勉互助，争取早日达成！

世事洞明皆学问，人情练达即文章！有足迹时写足迹，有心情就诉

谢周六

心情，活出真自我，就是帅模样！

冯富强①

2022 年 5 月 10 日

---

① 中国医学科学院肿瘤医院山西医院（山西省肿瘤医院）神经外科主任（博士、博士后、硕士生导师）

自序一

我爱写点东西，倒并不是因为我写得有多好，主要是不想忘记比赛后舒服的感觉和惬意的样子，就像有些作家可以把爱描写得充满诗情画意一样，我也想把足球写得富有韵味。

这对我来说其实是个很难的事，我并没有可以成为一名作家的可能性，也许仅是太无聊了而已。

我记得，刚开始记录比赛过程是在十年前带领原平足协大胜鲁能铝厂的一次友谊赛后的晚上。

那场比赛我表现神勇，在前锋线上攻城拔寨，游刃有余。为了纪念那场比赛，我坐在电脑前开始复盘整个过程。

这是我第一次写这样的文字，过程异常艰难，也极其别扭，几乎用了我所有的语文功底，历经 5 个多小时，文章发表在我的 QQ 空间里，然后昏昏睡去。

第二天，睡眼蒙眬的我看到不少评论和点赞，这给了我信心。那段时间，我研究生毕业，没有工作，有的是时间，我几乎把自己所有的时间都给了足球，原平足协连战连胜，鲁能铝厂逢战必败。我的状态持续火热，每次对决都会成为球队获胜的不二功臣，我的价值在那块篮球场的水泥地上崭露头角。而那些并不是正规比赛的技术表现，全部流入我写的那些不入流的文字里，由于表达不清楚，我还笨拙地作了好多画来佐证我进球的精彩。

那样的日子持续了3个多月，我写了十几篇记录，2万多字。虽然足球技巧如同我的画画水平一样没有多大长进，但写足球的文字却进步凶猛。

后来，我在太原工作，利用业余时间创建了太原足球联盟，凭借文辞粗浅的笔墨，在太原业余足球圈不断抒发意志。不管别人怎么看，从2012年到2018年，我把脚下的足球尽可能地变成了手上的文字，一边表达着我对这个"球球"的热爱，一边思考着山西足球的未来。

2018年后，我几乎远离了足球赛事的组织工作，一心扎到绿茵场上，开始美美地享受足球给我带来的快感。而这种快感持续至今，虽然期间受到新冠疫情的影响，但终究难逃热爱。我连续写了几篇"赛后感"，得到了球队大部分人的认可。

我写"赛后感"，不是赛赛写，更不是周周写，我只在自己表现优异的情况下才写，或者说才有动力去写，写的内容不外乎比赛进程，没什么新意，当然也没多少受众，但写的多了，难免得到几声恭维，这恭维无论真假，总是受用。

流年似水，转眼我就过了不惑之年。今年"龙城杯"首战，我再次表现惊艳，于是乎在队友的玩笑激励下，我奋笔疾书，写好一段就发到微信群里，供大家消遣。我还故意在分享的后面括上四个字：未完待续。

一般情况，我每天都会写上一点，往往上一个周末的比赛要写到下一个周四，也还没有结束的意思，有的队友还嫌弃"更"着太慢，他们急切地想要看看我是怎样在文章里描述他们的表现的。这样，我就暗暗发誓，立下承诺，只要球队踢下去，我就一直写下去。

这些天，这个事成了我主要的工作内容。说实话，文章没什么出奇之处，其中的人、其中的事也难免落入俗套，有时候为了粉饰自己也挺不要脸的，但不管怎样，我想，我开启了一个业余足球的写作时代。

2021 年 10 月 4 日

自序二

本来是自己写给自己看的文字，没想到有了想让更多人看的念头。

这种念头就是编辑成册，刊诸枣梨。

这样的想法"骇人听闻"。

有位同事的朋友看了第一章之后，直接中带着一点委婉地评价道："个人以为这样的文字不具备文本价值以及文学价值，也不具备供他人阅读参考乃至共鸣的社会价值和意义，只是一种个人的记录，适合私下收藏或者供小团体阅读存档。"

其实，这个朋友说出了我的心里话，这正是我所担心的。我的担心就是我的惆怅，我的惆怅自然影响我的写作。于是每一场比赛之后，写还是不写，记还是不记，成了我脑子里不断打架的小人。总之，不是东风压倒了西风，就是西风压倒了东风。

幸运的是，办公室有个即将退休、但总是能给我鼓励的刘永红老师，还有个参加工作五六年，能够认真聆听我朗读，并给予积极评价的王蕾。我把她们两个人当作素未谋面的读者，每写完一段，就郑重其事地读给她们听。我读得津津有味，甚至感觉读出来的比写出来的更能表达我的初心始意，虽然文字本身并没有什么变化。

这里有一个小标准，那就是我能够顺利不间断富有感情读下来的，而且她们两个人能够听得懂、可以接受了的文字，那都是"行云流水"的，都是在当时能够交代自己的内容。

我一度陶醉在只有她们两个读者的情绪中，当然给予我鼓励的还有很多人，比如刘宁对书名的认可，程静对每一回的关注，鸿林对第十九章回的肯定，以及远在广东的李永强对第二十三章回的全文赞赏。

为了给业余足球撑撑面子，我用"开创业余足球的写作时代"来鞭策和鼓励自己，并给自己找了个可以被读者接受的理由来骗自己，那就是："这是一部业余足球的'开山之作'，写了点足球，也写了点生活。作者以我国山西省太原市一支业余足球队球员的第一人称为视角，采用章回体的形式，将自己的世界观、价值观和人生观毫无保留地融入其近期参加过的两次足球比赛（一次杯赛和一次联赛）当中去，不仅托物言志抒发情感，为读者展现了一名业余球员的日常，也在一定程度上反映了中国业余足球的现状。本书轻松易读，每回独立成章，也可连读成文。"

为了使这本书看起来再厚一些，我加了一些附录，算是"前传"，又把四年前给青少年写过的关于足球的励志文章附后，再列选了一些自己从事足球以来的自认为还不错的言论，这样看起来就像那么回事了。

老王卖瓜自卖自夸的样子没有欺骗别人，倒是真的欺骗了自己，这种自欺欺人的态度让我写完了"龙城杯"，又继续写了"冬季联赛"。这半年的创作过程，我始终记得同事的朋友的评价，尽量使自己的文字能够跳出足球，能够有点文本价值，能够供人参考，能够引起共鸣，能够有一定的社会意义。至于文学价值，我当然不敢奢望，也切实清楚自己的真实水平。

毛姆在《月亮和六便士》里说："作者应该从创作的乐趣中得到酬报，从思想负担的释放中得到回报，对其他东西都不必介意，表扬还是苛评，失败还是成功，都应该坦然面对。"

我感同身受。

2022 年 4 月 13 日

目　录
CONTENTS

第一篇

"龙城杯" 冬季联赛

前 言

"龙城杯"即将开赛，但我这个年龄的球员没什么好期待的，按部就班地跟着球队走下去就是我应该做的。

我不知道我还能踢到什么时候，或许所有动力都消失的时候，就是我该"挂靴"的时候。要知道，我已经"挂了手"，不再做一名外科医生，我也"挂了耳朵"，不去成为一名内科医生，就像我在自己的专业面前退却一样，我在球场上也退到了不能再退的位置，前锋打成了前腰，前腰偶尔也会变成后腰。

我并没有什么出色的足球水平，有时候还会被人嘲笑。我在足球场外取得的成绩明显比在足球场上展现的更容易被人接受，但我只要不断努力，球场上也会偶有上佳表现，以前靠文字吹牛，现在终于有视频为证。感谢宝玉将山西足球带入视频时代，因为视频，我有了继续踢下去的最强动力。

2021年7月11日，我所在的球队"山晋谢周六"打进一粒经典的反击进球。尹建军长途跋涉后的吊射入网，再一次将足球的魅力展露无遗。原来业余足球也有这么精彩的瞬间，原来草根足球也有这么惊艳的球星。因为我参与其中，并送出了最后的直塞，而一直洋洋得意。这更加坚定了我的想法：拿出自己一个月的工资，设立一个奖项，奖励山西每个年度打进最佳进球的球员，说白了就是山西的"普斯卡什奖"，目的是鼓励山西各级各类业余足球赛事能够更多地使用视频记录比赛。咱这个踢球的年纪，如果比赛没有视频、没有裁判、没有组织，如同没有了灵魂。

一切都是为了纪念，除了视频，最不应该忘记的是文字。我一直觉得文字和视频同样重要，但如果非得划分主次和轻重的话，我将所有的视频欣赏划归为"浅阅读"，将所有带着墨香的文字称为"深阅读"。

"深阅读"带来的思考远比"浅阅读"长久和影响深远。而"浅阅读"的广度又是"深阅读"所无法比拟的，比如抖音和快手。

我希望我记得住每一个比赛的细节，但现实是我必须依靠视频来帮助自己回忆。

我想我应该记下所有的比赛，直到不想记录了。

我也想尽快设立那个奖项，在最合适的某一天。

第一章

浪射尽显浪射本色　山晋数尽山晋风流

2021 年 9 月 4 日，星期六，16：00。

聚华体育场，山晋谢周六 7：0 浪射。

两支球队的名字均有深意，主队"山晋谢周六"之名应该是借鉴了英国的谢菲尔德星期三足球俱乐部，谢菲尔德星期三足球俱乐部于 1867 年由一个板球俱乐部建成，因为当年只有在星期三的时候，板球运动员们才有时间踢足球，故得此名。而"谢周六"恰恰也是因为每个周六大家才有时间聚集在一起踢球，为了感谢和纪念，逐渐叫起来的。

"山晋"是宝玉①的控制公司，全名叫"山西山晋文化传媒有限公司"，每年按照宝玉的意愿给予"谢周六"一定的赞助和支持。以下我将用"山晋"这个简称来代表"山晋谢周六"这支草根足球队。

对手"浪射"这个名字比较富有诗意，平时的玩笑最终演变成了球队的口号。本场比赛就是在对手"浪射、浪射、随意射"的口号中开始的。

---

① 宝玉：球队主教练，是一个对足球极具情怀的草根足球爱好者。

这是双方球队的首次交手，单从纸面实力观察，对方并非如球队名字"浪射"一样浪得虚名。

当年叱咤山西医科大学球场的"棍楷""虎哥""小雨"悉数登场。唯一的大牌"无极"缺阵，相信并不会对比赛有太多影响。

当然"山晋"这边，面对"龙城杯"首场比赛也不敢怠慢，虽然历经"晋超联赛"和"省超联赛"的锻炼，但本场比赛球队成员仍然报名积极，高手云集，力争在激烈的小组竞争中觅得先机。

宝玉排兵布阵用的是笔记本，圆珠笔芯下面的秘密我们都不知道，等裁判鸣响集合哨音，我才发现我和白强①这样的"高高手"也被摁在了替补席上。不好意思，我蹭下白强的热度。

虽然我的足球水平不是最高的，但年龄却是球队第二大的。上周五六日三赛给我带来的"不舒服"仍然持续着，所谓"花有重开日，人无再少年。"人到中年，在比赛中，不能任性。我年轻的时候，睡什么觉，吃什么饭，热什么身，戴什么护腿板……这都无所谓，只要站到球场，就能踢。现在，为了一场周末的比赛，我必须精心准备，全力对待。首先我得提前把衣服洗干净，必要的时候还得熨一下，中午不能吃太多，坚决不能喝酒，要适当地睡会儿觉，一定要提前半小时到场，做好充分的热身，以及一定的心理建设，最后分清楚左右，戴好护腿板才可全身心地投入比赛，这就是我为了今天这场比赛做的努力。

有的时候，你能在球场上闻到队友或者对手球衣球袜没洗带来的"酸臭味"，那至少说明他还年轻，因为这味道代表着我们曾经有过的过去。

当然，这有可能也是一种战术，利用气味影响球队里"球星"的

_____

① 白强：球队首席前锋，没有之一。

发挥。

比赛开始后，预测双方会你来我往，互相试探，毕竟没有打过交道，"谁背后带刀子，谁脚下挂着雷"，双方都不清楚。

双方也都没有使用"生化武器"，看来是正规的比赛，大家都有所收敛，不像平时在野球场，总有人自带"味道"而来。

很明显，相比"浪射"，"山晋"这边更放肆一些，既定的防守反击战术全然忘记，一左一右的年轻人"不讲武德"，尤其是来自平遥的高青山①，利用自己娴熟的脚下技术，以及出类拔萃的过人速度，轻松完成传射。

开场1分多钟，右路高健②，底线传中，左路跟进的高青山拔左脚怒射，皮球划过门将，直奔球门右下角，站在右下角的后卫解围不及，皮球变线入网，1∶0。

对方也不示弱，比赛第3分钟，"浪射"前锋利用角球机会，抢得前点，甩头攻门，此球颇具威胁，还好球门处"路处"③把守，只见他微微弯腰，不敢眨眼，看准来球，用一记"范德萨式"的标准操作，将皮球单手托出横梁。

此球换得宝玉连连称赞，也为球队最后的胜利奠定了扎实的基础，毕竟这还没踢几分钟呢。

第9分钟，又是高青山，在两人包夹之中，如悟空挪移，摘得皮球，传至中路，右路助攻首球的高健，停球调整，投桃报李，一击致命，2∶0。

---

① 高青山：球队新援，新生代力量，技术全面。
② 高健：球队新援，新生代力量，技术突出，心理素质过硬。
③ 路处：路凯，身高马大，出勤有限，应该是球队第一门将。本场比赛后获得"路德萨"的外号。

"山晋"球队不费吹灰之力轻松度过预期难关。但梦幻般的开场并没有打乱对手的阵脚，双方进入僵持。

比赛第 30 分钟，出乎意料，宝玉翻开自己的笔记本，"装模作样"地划拉了几下，我和牛凯①，还有李晨②便披挂上阵，这调整太大胆，我有点懵。不过还好，球队板凳实力还算雄厚，来的人较多，主教练自有主教练的考虑。

落后的对手并不甘心，拼抢的速度有增无减。替补出场的我，用一次失误开始了接下来的比赛。

双方中场的厮杀逐渐升温，第 39 分钟，"大个"③ 利用任意球机会，30 米外重炮轰门，皮球中柱而出。这球虽然没进，但确实技惊四座，所谓大力出奇迹，蛮力也行。随后，渐入佳境的我与青山形成多次默契，不断威胁对方球门。

比赛第 42 分钟，"山晋"连续传控，我和青山形成传跑步调，可惜在对方后卫的干扰下，青山传中未果，但本次反击全队八人参与，形成一波漂亮的反击，值得记载和赞扬。

比赛第 45 分钟，"大个"后场大脚传向左路快速插上的青山，青山在角球区附近，依靠瘦弱的身体强行推开对手，灵活拉球，转身传出，我早已接应，利用进入禁区，对手不敢随意出脚的机会，小变线，逼近小禁区抢射，皮球被补防的中后卫破坏出底线。

正所谓"我见青山多妩媚，料青山见我应如是"。

一来一往，2∶0 的比分维持到上半场结束，我也合理地利用十多

---

① 牛凯：球队元老，可胜任球队好多位置，堪比万金油。
② 李晨：球场老面孔，还算球队新人吧，但已融于球队。
③ 大个：郝文波，自诩为克里斯蒂亚诺·罗纳尔多，技术全面，可以胜任球队的任何一个位置，比牛凯"还油"。个子够高，但很少看到头球进球。

分钟的时间完成热身，与所有队友一道期待下半场。

宝玉得有多大胆，中场休息的时候竟然将球队第一中场胡钰①队长换下，胡队将队长袖标飘给我，我竟然下意识地就接了下来，当然我也下意识地意识到旁边还坐着一个球队的"地下队长"。

"大个"——宝玉"大秘"，堪称球队"地下队长"和"地下组织部长"，球队首发有一定建议权，甚至是决定权，可以有效影响宝玉的决定。今天的球队首发，我们有理由怀疑严重被他干扰过，球队的"地下组织部长"权力已使，他现在又要行使"地下队长"权力，着实害怕。以我对"大个"过往的了解，他要不戴着队长袖标明目张胆地行使队长权力，要不让出队长袖标，"巧立名目"地行使队长实际权力。

今天，有点奇怪，"大个"不仅和我谦让队长袖标，几番谦让后，还亲自为我戴好了队长袖标，这确实令人费解。

宝玉在中场的调整依旧很大，赵鹏②、白强、郭赟③、梁俊韬④和"红桃3"王路遥⑤全部登场。截至目前，宝玉已经调整了八个人，调整规模空前绝后。

目前来看，下半场的阵型仍然是4-2-3-1。

门将：路凯

后卫线：赵鹏（右）　李晨　大个　郭赟（左）

后腰：高青山　牛凯

---

① 胡钰：球队第一中场，场上第一队长，司职后腰，攻防俱佳。
② 赵鹏：球队年龄最大的球员，绝对元老，本场比赛结束后突然发飙。
③ 郭赟：和李晨一样，还算球队新人吧，本场比赛表现不错，但体能堪忧。
④ 梁俊韬：球队新援，本场比赛梅开二度，够幸运。
⑤ 王路遥：外号"红桃3""小范"，这个确实搞不明白。"红桃3"有的时候后出，说明"有炸"。

前腰：王晶晶

左右边卫：王路遥　梁俊韬

前锋：白强

双方易边再战，甫一开场，对方便利用我方站位松懈的大面积空挡，长传禁区，形成空前利好。对方前锋并不调整，停球即射，被及时反应回来的"大个"成功拦截。此球要进，下半场形势就是另外一种走向；此球未进，一切还不好定论，毕竟对方换上了球队的另外一名当家球星。

足球就是这样，一分钟后，我在右路掷出界外球，梁俊韬底线传中，竟然直接将球传进对方球门，意外的进球彻底击溃了对手意志，3：0。

一来一往，一出一进，这剧情像极了上半场的一开场。

即使"浪射"的当家球星能征善战，但也全部陷于我队的围追堵截中，毫无作用。看来，"浪"的不仅是"射"，还有"带"啊。

十分钟后，我在左侧角球区拼得球权，拨予路瑶，回追封堵的对方后卫慌乱中传回门将，门将解围踢偏，落在中路包抄的梁俊韬面前，俊韬左脚即射，并没有踢中皮球的合适部位，但恰好与门将的扑救形成时间差，皮球慢慢滚入球门，4：0。

这是梁俊韬代表"山晋"的首场比赛，却在不经意间用两个漫不经心的进球为球队献上大礼。

一切还没有结束，彻底放松下来的"山晋"进入游刃有余阶段，而对手则提前走进垃圾比赛时间。

又一分钟后，我的终极表演开始了，这次表演也成为我打满剩下比赛时间的保证。因为队长袖标的加持，我必须跑得更多一些，我也必须做得更多一些。所有的界外球我全部来罚，所有的任意球我也想全部来踢。这次，我再次掷出界外球，高青山接球回做，因为想着传球，皮球竟然从我脚下漏过，但也就是这一漏，成就了经典，也就是这一个漏，成全了此文。

皮球在边线被我用脚后跟捞回，穿裆过掉第一名防守球员，左切过掉第二名补防球员，我扭动着身体，调整着步伐，观察了门前，传向了后点。

埋伏在后点的王路瑶，就是我们私底下经常开玩笑说起的的"红桃3"，当然，也可以叫他"小范"，名字真是乱七八糟。

按照常理，"红桃3"这张牌一般都是要先出的，今天，他不仅后出，还被宝玉赋予了黑桃A的技能。只见"小范"人丛中持剑杀出，左脚推射，皮球应声入网，5：0。

皮球入网后击中球门后下铁梁，顺势而起，然后沿网落下，激起的球网"涟漪"颇具美感，就像晋阳湖南岸被风吹起撞向岸边的一波浪花，动人心脾。

这波操作的身体展现极尽"扭曲"，这脚传球据说叫"德布劳内弧线"，这一幕看呆了对手，也乐了裁判。

进球后的"小范"和"大个"击掌相庆，突然，他似乎意识到了什么，加紧步伐，跑向后场，找我致谢。

这是足球场上的礼仪，此时却显得十分暖心。我不知道该说什么，想到一个成语：孺子可教。

我用15分钟完成了自己的队长秀，一人独造3球。我得感谢这帮队友们，大家平时没有什么交集，只有在周末的时候才会聚集在一起踢一场足球比赛，所有的交流除了替补席上的玩笑和客套，就只能是球场上的眼神和喊叫，以及在不断的跑位下，牵拉出的进攻和防守。大家都不容易，在各自的岗位上奋斗，在共同的球场上战斗。

我还得感谢胡队、"大个"和宝玉，是他们临时赋予了我队长的权力，让醒目的队长袖标在我心中飘扬。

说来也是奇怪，这个小东西就像个小宇宙，你带和不带，心态完全不同，爆发的能量也完全不一样。

其实，我十分清楚，这是一份责任、一份担当和一份荣誉。这就像军装上的军功章，在整场战斗中激励着我，也鞭策着我。这也像工作中的我，擅于组织，敢于冲锋，勇于担当。

我，不允许它受到任何形式的玷污。

两分钟后，"小范"在对方禁区前沿线上被推倒，裁判判罚任意球。在我还没有来得及思考的时候，"地下队长"已经从后场念叨着"最后一个，最后一个，这是最后一个……"跑上来。

其实我也很有信心，可是"地下队长"也并非徒有虚名。"大个"摆定皮球，像克里斯蒂亚诺·罗纳尔多一样，后退几步，拉弓射箭，这一脚和上半场那个重炮轰门如出一辙，只不过这次皮球直挂死角，6：0。

当然，如出一辙的不仅是样子，还有速度。这球每小时的速度肯定超过了城市道路的限速。

进球后的"大个"边往回跑边庆祝，庆祝中还带着点腼腆，这一副"欠揍"的样子，和刚刚射门展现出来的"暴力美学"截然相反。

至此，"山晋"全面爆发。

6分钟3人3球，这是多么恐怖的杀伤力。

60分钟5人6球，这又是多么全面和集中的进攻火力。

"山晋"早已不是什么黑马，早就不知道在什么时候，偷偷地蜕变成了一只昂首挺胸的白龙马。

进攻还没有结束，比赛还有 30 分钟，大家也都知道球队首席前锋白强还没有进球呢。

而此时，对手的威胁已经荡然无存，连浪射的机会也再没看见，"山晋"后防线完美的防守足以让每个前场球员闲庭信步。

比赛第 84 分钟，"山晋"后场断球，迅速反击，我在中场左路接牛凯的传球，稍作调整，送出远距离单刀，白强爆射，因角度太正，被对方门将单手托出横梁，错失进球良机。

随后，在比赛接近尾声时，对方门将大脚发出门球，退至中圈的姚宁①高高跃起，顶向前点，还没有落位的白强停球扣过对方最后一名后卫，突入禁区，外脚背射向球门远角，完成了本场比赛的最后一个进球，也为球队的"龙城杯"首战画上了一个完美的句号。

我们不必庆祝，白强也不必再为近期多次单刀不进的表现而懊恼，想想武磊，其实白强也一样，默默地为球队做了很多很重要的贡献。

7∶0，这并不是一个正常的比分，"山晋"只是踢得顺风顺水而已，基本上属于射门即进，打门就有，占尽了好运气，而对手那边缺了点运气以及上半场表现绝佳的拼劲儿。

比分代表不了实力，对手全场表现出来的传接球技术其实远在我队之上，今天的他们只是表现不佳，发挥不好而已。如果"路处"没有上半场那个神勇一扑，如果对手前锋能够把握住下半场一开场的那个机会，今天的结果一定会是另外一个样子。我们有时候开"浪射"这个球队名字的玩笑，并不是嘲笑对手，就像他们自嘲一样，仅仅是享受业余足球的一种热闹。

———————————

① 姚宁：球队中场，最后时刻助攻一球。

　　球队赢球，最开心的就是宝玉。宝玉在球队"经营"上的付出远超我辈，"山晋谢周六"俨然已经变成了他的一个孩子、一个宠物。其实，我们还会发现，在太原，乃至全省，甚至全国的业余足球圈中，还有无数个宝玉。当然，还有更多的人想要成为宝玉或者正在成为宝玉的路上。打个并不恰当的比喻，带球队就像带宠物，大家看见宠物很讨喜，于是自己也想领养，但等真正养起来才发现，吃喝拉撒睡好麻烦，于是乎，半途而废的人多，持之以恒的人少。而我作为一名业余球员，真心地希望宝玉，还有想要成为宝玉或者正在成为宝玉的球队队长们一定要努力下去，坚持下去……

第二章

不烦出局仍得圆满　山晋晋级空留遗憾

2021 年 9 月 12 日，星期日，10：30。

聚华体育场，不烦 0：6 山晋谢周六。

不知道从什么时候开始，我所在的球队变成了一支强队，赢球成了家常便饭，输球反而不可思议，这和几年前的光景形成巨大反差。我再也不用那么吃力，不仅"球"长了不少，幸福也多了好多。

我想，这得归功于球队的"老板"——宝玉。《石头记》里的宝玉粉黛三千，"谢周六"的宝玉却看不上几个。这场比赛在宝玉的一番"点点豆豆"后，我们顶着"烈日"开踢。

说来也是奇怪，白露已过，中秋将至，这太阳晒得我想要回家去拿那瓶去年夏天买的还没有用完的防晒霜。

双方均来了好多人，场上二十多人，场下亦然。"秋老虎"只管示威，我们呢，也就只管踢球。

按照双方的纸面实力，"不烦"① 几乎很难赢球，少输应是他们的客观追求。"山晋"这边，并无压力，宝玉定会延续第一场比赛大胜的

---

① 不烦足球队：太原业余足球队的一面旗帜。虽然当前人员结构老化，但做为一支能够坚持踢球 20 多年的业余球队，让人钦佩。

安排，上下两个半场两套阵容应是基本操作。

没有势均力敌的对抗，替补席也如今日的太阳，懒洋洋地诉说着场上每个球的无聊。

比赛第 4 分钟，伤愈复出的孙华①右路送出直塞，快速插上的赵海②送出"倒三角"传球，中路跟进的姚宁轻松推射，首开纪录，1：0。

比赛在预想中轻松展开，后面进球应是屋檐上的雨水，一滴一滴，接踵踏来。谁想，屋檐上并不多的积水被落叶覆盖遮挡，整整 35 分钟，球队都无法打开新的局面。

张新峰③中路射门，缺少力量。孙华推射，击中横梁。

新峰依旧不辞辛苦，反复奔跑，打进一球，却越位在先。姚宁警官"欲擒故纵"，浪费多次机会。

比赛迟迟不见进展，也不知道是宝玉忍无可忍，还是既定动作，比赛第 30 分钟，"大个"、牛凯、李佳泽④将闫涛⑤、赵海、孙华换下。

这应该是一次规定的换人，却成就了最后的神奇。

比赛第 39 分钟，姚宁利用一次不是机会的机会，抓住对手失误的空隙，梅开二度。

一分钟后，高健左路传至中路，跟进的李杰⑥领球过掉门将，在对方后卫封堵之前，将球捅进球门，3：0。

---

① 孙华：球队元老，曾是球队最佳射手，本赛季遭遇伤病，本周伤愈复出。
② 赵海：球队新人，逐渐磨合，已经初步融入球队，本场比赛助攻首球。
③ 张新峰：球队前锋，每场比赛用自己跑不死的拼抢骚扰对方，本赛季长"球"不少。
④ 李佳泽：球队年轻人，本场比赛先是前卫，后司职门将，出色地完成了主教练赋予的任务。
⑤ 闫涛：球队新援，体能仍需加强。
⑥ 李杰：还算是球队新人吧，已经逐渐融入球队，身体竞技状态明显回升，本场比赛打进一球。

2 分钟后，胡钰队长一脚任意球封喉，4：0。

比赛第 45 分钟，新峰助攻姚宁，再下一城，5：0。姚宁上演帽子戏法，业余足球队的业余球员能够在短短的 45 分钟内连进三球，甚是罕见，令人羡慕。

6 分钟 4 球。最后时刻，"不烦"体力不支，陷于崩溃。

"山晋"换上的 3 个人，虽然没有特别突出的表现，但换人前后的比分间接地印证了宝玉人员调整的神奇。

天是真的晒，有好几次，我都有想开车回家抹防晒霜的冲动，我的脸皮太薄，经受不住这样的太阳。很明显，大家也有点无法适应，中场休息，纷纷调兵遣将。宝玉复制上周换人，中场换上 5 人，包括我，并亲自为我戴上队长袖标，我俨然成了球队的第二队长，而这种信任，值得一生铭记。

对手更是大胆，一口气换了 9 个人，声称现在出场的才是球队的核心主力。

上半场 5：0 的比分已经激不起"山晋"新上球员的斗志，对手新换的 9 人，虽然组织不起像样的进攻，但防守厚度和韧劲明显好过上半场，这毕竟是一支太原业余足球的"老军"，说是"老炮儿"也并不为过。他们"虽死犹生"的拼劲值得尊敬。

比赛第 64 分钟，我在中路被连续侵犯，在离球门 25 米处，获得任意球。"大个""故技重施"，"故"上周的任意球脚法，"重"上周的重炮轰门，皮球直挂球门左上角，6：0。

进球后的"大个"没有像上周那样肆意庆祝，低调地"晃"回后场。

反正不管是哪一种，高调里绝没有低调，低调中永远宣扬着高调。

像"大个"这样的队友，到哪里，都想成为主角，什么时候，也都会是主角。

绝对的技术，绝对的自信，正如那颗光头，放在哪里都会透着光亮。

这样的进球，我算不算助攻，谁能解释一下？

"不烦"虽然没能抵挡"大个"的定位球，但在以后的时间，无论我们如何"操作"，对手全部化于无形。"不烦"老当益壮的韧劲开始逐步展现，"老有所乐"的防守全部见效。

比赛第70分钟，球队老板"宝玉"登场。比赛第79分钟，张炯①中路直传，我用一半的"马赛回旋"拉球过人，利用宝玉的牵制，转身避开所有防守，将球传给右侧杀到禁区的"老金"。

"老金"，全名金建岳，球队赞助商，好像是"温州商人"，财大气粗。虽然"老金"踢足球的水平不算太高，但是"拼命三郎"的劲头全队第一，说是整个杯赛第一也毫不夸张。只见"老金"停好来球，稍作调整，大力攻门，皮球遗憾击中边网，错失良机。

宝玉的登场没有被我看见，却被换下场的"大个"看见，"大个"是个"人精"，见我不给宝玉传球，直接指示"小范"在后场大脚找"老板"，我即使戴着队长袖标，喊破嗓子也无法阻止"小范"的一意孤行，这不符合比赛进程，却符合商业潜规则，毕竟宝玉就是"老板"，"小范"和"大个"的确是员工。

比赛第82分钟，门将李佳泽摘得对手远射的皮球，将球传给左后卫赵鹏，赵鹏横传张炯，我在中路接应来球，摆脱对方两人的防守夹击，传给后场左边路的白强，然后迅速插向对方禁区右侧前沿，并如愿

---

① 张炯：球队后腰，工兵型，体能充沛，防守能力远高于进攻水平。

领到白强长传，利用假动作过掉对方回追后卫，突入禁区，外脚背"倒三角"传给同样快速跟进的白强，白强拔左脚射球门远角，皮球击中左侧立柱后弹向了包抄到位、进球心切的"老金"。

狭路相逢勇者胜，"老金""虎口拔牙"，撞过后卫，抢得皮球，起脚爆射，皮球被早已出击的门将成功封堵，"老金"再次错失进球良机。

这次进攻，全队展现出来的配合堪称经典，此球从门将手抛球发起，通过3次二过一的配合，5人触球，6脚传递，最后成功完成射门，值得复盘。其中，我和白强的接应配合不可谓不精彩，两人的跑动接应距离均接近50米，两人均完成了快速地插上，两人也均完美地闪开过防守。

此球未进，当有遗憾，"老金"错失"梅开二度"的良机，可谓"憾"上加"憾"。

时间已经过了中午12点，太阳当空暴晒，比赛变得越来越慢。我新穿的球袜在高温下似乎发生了什么反应，脚底板如同踩了风火轮，比赛再不结束，脚上起泡将在所难免。

比赛第85分钟，我在中圈附近接白强传球后，一路突向禁区，过掉3人，右脚外脚背射门，皮球中柱而回，被转身回头的门将一把抱入怀中。

此球未进，也彻底宣告我与进球无缘。"龙城杯"即将进入淘汰赛阶段，本届赛事"零进球"也将是基本事实，我没能把握今天的机会实在是遗憾。

机会不是一直都有，机会也不是有了还有。机会需要创造，却总是稍纵即逝，机会需要珍惜，却总是把握不住。

这好像职场，又好像人生。

天是越来越无情，我们要被晒死了，就快晒死了。主裁判同样忍受不了这晒死人的天气，90 分钟打满，绝不补时，直接结束比赛。至此，"山晋"豪取两连胜，提前锁定小组出线名额，跻身 16 强。下周将迎来同样豪取两连胜、小组最强、也是本届杯赛最强球队——领航足球队。

我要说些什么呢，其实也没什么更多要说的，最后说说今天的主裁判吧。主裁判的误判、漏判实在是太多了，除了眼皮子底下的"模糊"，还有角球区的"看不见"，尤其是比赛第 50 分钟，"大个"在后场干净利落地连续上抢，不仅判罚犯规，更不可思议的是以"莫须有"的"罪名"追加黄牌警告，这与本场比赛的"和谐"显得多少不合时宜，也许是主办方为了锻炼新人吧，毕竟，球场上的每一个错误，无论是谁，都需要原谅，也都可以原谅……

第三章

山晋首败情理之中　领航绝杀意料之外

2021 年 9 月 20 日，星期一（中秋假期），8：30。

龙华体育场，山晋谢周六 4：5 领航足球队。

这场比赛有个很重大的变化，那就是我缺阵了。

不过，这不重要。那些年轻的、技术好的、能攻善守的球员才是最重要的。

"领航"足球队本身无须过多地重视和多虑，但是本届"龙城杯""招兵买马"，加入一众"文旅足球队"的高手，"摇身一变"成了本届杯赛的最强队伍。

这不，前面的两轮比赛，他们同样大胜"浪射"和"不烦"，同样提前出线，同样积满 6 分，仅以 2 个净胜球的微弱优势暂居小组第二。

历史战绩上，"山晋谢周六"共与"文旅足球队"交手两次，全部落败。第一次在聚华体育场，以 1：3 的成绩惨败，我下半场出场，踢了十几分钟，因为我方门将对我的发挥不满，主动要求下场。第二次在阳曲县的山西省足球训练基地，以 2：11 的成绩惨败，我打满了全场，助攻一球。

对手的强大毋庸多言，他们不仅云集了太原市的各大高手，其中还不乏具备专业和职业经历的球员。本周对决，我们全队上下一心，团结一致，保平争胜，力争小组头名晋级 16 强。

比赛在中秋假期第二天的一大早开踢，因为回原平探亲，我只能隔着手机屏幕观看整场比赛。传说中的"于越""郭园同""赵敬伦"悉数登场，可是比赛进程却并没有想象中的艰难，球队很快利用 3 个定位球取得 3∶0 的领先优势。

比赛一开始，"大个"后场左侧罚出高坠任意球至对方禁区前沿，白强在与对方后卫的跑动撕拉中，左膝关节外展后摆，蝎子摆尾式领球，接着顺势劲射，皮球应声入网，1∶0。

白强这球简直绝了，过去，乃至当今，甚至以后，在脚下这片土地，将很难再有复制。通过手机屏幕，我是气得发痒，以前，我也给白强传了好多球，简单得要命，全浪费了，"大个"这球"难成嘛咧"，连停带转，世界波了。

说实话，此球难度极大，级别顶级，即使在五大联赛中也很少看到这样的即兴发挥，提名入选 2021 年度山西"普斯卡什奖"候选进球，不遑多让。白强领球的动作似曾相识，用了好久，我才想起，这像极了 1998 年世界杯八分之一决赛"英阿大战"中"追风少年"欧文膝关节外展顺势领下贝克汉姆传球的动作。人们无法忘记欧文那粒疾风般的进球，而我却忘不了他接球的刹那间。

18 分钟后，"大个"在左侧中场边线，再次开出任意球，沉默了半个赛季的李杰用一脚伊布式的外脚背撩射入网。李杰在一场强强对决中开始证明自己。

比赛第 24 分钟，又是"大个"，又几乎是同样的位置，第三次踢出任意球，高健在与对方后卫的争抢中，把握机会，3∶0。

25 分钟，3 球领先，这样的过程超出所有人的预料，包括对手。"大个"用 3 个几乎是如出一辙的任意球完成助攻帽子戏法，白强、李杰、高健用三种不同的方式全新演绎了"山晋"的多点进攻，球队的表现渐入佳境，球员的心态如临云端。

这样的局面，尴尬的只能是对手。不甘落后的"领航"逐渐稳住阵脚，开始反攻。

比赛第 37 分钟，于越展现目前太原业余足球第一射手的本色，远射破门，扳回一球，1∶3。

比赛第 42 分钟，"领航"郭园同开出角球，埋伏在后点的赵敬伦轻松头球，再扳一球，2∶3。这个头球的失球暴露了"山晋"巨大的防守漏洞，也成为球队最后时刻输球的元凶。

"领航"在几大球星的努力下，不断缓解尴尬，而屏幕前只有一个观众的尴尬却始终围绕着我。

业余足球比赛的观赏性始终是个问题，与之匹配的宣传可谓形同虚设，没有观众的比赛也就没有任何商业价值，而我能给予附和的就是这么一篇自娱自乐的记载。也许有人会嘲笑今天的一切，但多少年后，我们也一定会发笑，笑那些嘲笑，笑这些文字，笑岁月苍老……因为这就是足球本身的价值和意义。

领先的意义要牢记心中，保平争胜就是"山晋"这场比赛的终极目的。下半场即使对方加大了反攻力度，但也无法瞬间扳平比分，"山晋"团结一致的防守把比赛拖到了第 78 分钟，对手才利用前场任意球扳平比分，3∶3。

扳平比分的"领航"并不甘心就此结束，取胜是他们唯一的选择。比赛第 82 分钟，郭园同罚出角球，混战中，对手 50 号球员赵敬伦原地争顶，4∶3。

从领先三球到被反超一球，"山晋"为自己糟糕的定位球防守付出了代价。目前，进攻成了"山晋"唯一的选择，一味地龟缩防守并没有保住领先的果实，"大个"开始从中后卫的位置带球深入，力争在比赛的最后时刻扳平比分。

比赛第 88 分钟，白强罚出角球，上半场撩射入网的李杰再次爆发，就像 1998 年世界杯决赛中的齐达内一样，旱地拔葱，甩头攻门，顽强地将比分扳成 4∶4 平。

第 88 分钟。这是绝平规格的进球，肆意的庆祝并不过分，对手的无奈才是对照。如果比分就是这样，"山晋"将以 7 个积分，2 个净胜球的优势获得小组头名，从而在淘汰赛进程中占得不错的先机。

比赛进入伤停补时阶段的最后一分钟，对手获得了本场比赛的最后一次进攻，同样也是一粒距离较远的间接任意球，这次进攻的结束也将意味着比赛的结束。

按道理，这个时候，"山晋"的所有球员都应该回到禁区线上，将所有的进攻球员卡在身前，推在禁区外，甚至是面对面防守，不得让对手有半点的舒服。

按道理，这个时候，"领航"的所有球员，包括守门员，都应该冲到禁区里，将所有的防守球员甩在身后，推开距离，摆好架势，等待传中。

但是，"按道理"的这些事一个都没有发生。"领航"只是一脚不经意地传中，"山晋"远端漏防，"领航"老将 5 号球员冯冰高高跃起，头球一蹭，完成读秒绝杀。

比赛如果就这样无限时地进行下去，双方一定还会互不相让，杀性再起，不服输的信念笼罩在每个"山晋"球员身上。

我在手机屏幕前怒不可遏，最后时刻的大喊大叫只能换来家人的侧目，球场上没有人听得见，也没有人看得见。我没有给球队带来任何帮助。

9个进球，8个定位球进球，双方防守端暴露出来的防守问题同样突出，同样"不堪入目"。双方要想更进一步，必须在随后进行的淘汰赛中迅速调整，尽快弥补。毕竟"进攻赢得比赛，防守赢得冠军"这句球场名言放在业余足球同样适用。

很遗憾，我没能在这场比赛中出现，但我想象了好多种情形，如果我在，比赛又会怎样呢？

第四章

落花有意山晋不甘　流水无情南葛逆转

2021 年 9 月 25 日，星期六，15：00。

龙华体育场，山晋谢周六 4 : 6 南葛。

　　如果仔细分析一下今天的失败，球队的的确确犯了很多错误。千错万错，还得错上加错，最后才会输球。但关键的错误其实就是一个，那就是战术的不明确导致的战术冒进，说得直白点，就是后防线相对压得太靠上，高估了自己的防守，小看了"南葛"的反击。而"南葛"正是利用了"山晋"引以为傲的防守反击战术打败了踌躇满志、剑指冠军的"谢周六"。

　　日暮苍山远，天寒人声落。如果上周输给"领航"，是错失好局的话，今天输给"南葛"，便是再失好局，叠加起来就是最后痛失好局的心有不甘。失意的云彩笼罩在每个人心头，大家快速收拾装备，草草离场，球队不能更进一步的"伤感"愈发明显。

　　今天的天气格外适合踢球，连绵雨后的阴天多少有些泛着白，双方早早来到球场，目视每队出勤人数均达到了 20 人，这在业余球队里极其罕见。"南葛"是个老对手，之所以叫"南葛"，估计和日本动漫《足球小将》里的南葛中学有点关系。双方历史战绩一胜一负，打了个平手。

"山晋"的首发名单直到裁判员集合哨响后才明确，以为是替补出场的我被喊了个措手不及，更措手不及的是我今天出任的位置是我并不太擅长和熟悉的后腰，再加上我上周没有踢比赛，本周心里多少有点慌乱。

我这个人在足球场上的心理建设始终是个问题，遇到强队总不自信，害怕失误，放不开手脚。

今天的前10分钟，相信就是这样的，我竟然连续失误四五次，很明显没有进入比赛状态，还好队友给力，及时为我补了漏洞，才没有造成球队失球。

越是害怕就越是失误，越是担心就越是发生。我只能不断地鼓励自己，尽快调整，从不利的个人表现中走出来。

比赛第11分钟，王佳乐①制造点球，胡钰首开纪录，1∶0。球队率先进球，这使我的紧张情绪缓解了好多。

很快，十几分钟后，李杰延续了上周良好的比赛状态，再次上演齐达内式头球，将高健的精准角球顶进球网，2∶0。球队就像上周一样，继续掌握了比赛的前25分钟，一个梦幻般的开局似乎预兆着比赛的最终结果。

2∶0的开局让球队阵型越来越靠上，这也给对方防守反击的打法提供了足够大的空间，比赛第29分钟，对方也通过点球，扳回一城，2∶1。此时宝玉对球队作出了第一次调整，"大个"、张炯、高青山上场。看来2∶1的比分并不能满足球队的现状，但进攻的信号也导致了后防防守人员的空稀，对方利用我方中后卫的失误，扳平比分，2∶2。

---

① 王佳乐：球队年轻的新援，外形俊朗，球风飘逸，可堪大任。

无论如何，进攻也有进攻的优势，比赛第 33 至 38 分钟，"山晋"一度压制着对手，并最终利用一次任意球，2 次角球，共 3 次定位球的进攻机会，凭借"大个"的临空抽射，再次领先对手，3：2。

再次领先后，球队后防线已经压在禁区线外近 20 米，即使前卫线认真地回缩到中圈附近，但后防线并没有依次后退拉开，就像一个弹簧，可能刚收起来还没有弹开，或者说就没有准备向后弹开，即使弹开也是把中场和前锋弹出去，后面俨然变成了一个不动的底座，就这样，对方在上半场比赛即将结束之时，利用一个极其平常的后场长传，轻松下底，扳平比分，3：3。

3：3 并不是结束，球队暴露出来的阵型问题才是最致命的。没有防守，再犀利的进攻也将死在防守上。我在中场休息时间用虚弱的呐喊告诉"大个"一定要把下半场的后防线"领住"，我知道我不会在下半场继续征战了，宝玉需要平衡更多的球员为球队出力，但似乎只有我、"大个"和张炯看出来的问题并没有在下半场获得改观，对方反而利用我方的失误在 18 分钟内连进三球。

3：6，说句老实话，在最后的 30 分钟里，宝玉即使怎么调整也无济于事。这是淘汰赛，这是下半场，这是防守反击的"南葛"。

球队虽然在"大个"的努力下扳回一球，但终究功亏一篑，6：4 被逆转。

球队输球，最难受的是宝玉，最难的也是宝玉。宝玉并不怎么会踢球，宁愿各个队员多踢会儿，自己也不会上场挤占其他队员的场上时间。宝玉敞开胸怀，一腔热血，把各路高手召集起来，共聚"山晋"，一道为共同的爱好，在每个周末挥洒汗血，确实难能可贵，说他是"山晋刘邦"并不过分。我记得《史记·高祖本纪》里面曾经记载过："夫运筹策帷帐之中，决胜于千里之外，吾不如子房；镇国家，抚百姓，给馈饷，不绝粮道，吾不如萧何；连百万之军，战必胜，攻必取，吾不如韩信。此三者，皆人杰也，吾能用之，此吾所以取天下也。项羽有一范增而不能用，此其所以为我擒也。"

"山晋"高手如云，球星闪耀。

"大个"，太原业余足球圈赫赫有名的多面手，球商较高，技术出众。

白强，足球专业出道，在少年时期即大杀四方，威震龙城。

胡钰，原山西久力足球队中场核心，拼抢积极，能征善战，求胜欲望极强。

屈直，当年威风八面的高管足球队主力中后卫，踢过准职业赛事。

李杰，创造过"海世奇迹"的原海世足球队队长。

孙华，球队元老，原大爱足球队队长，首席射手。

…………

即使是我，也曾拿过原平甚至忻州的最佳射手。

一众好兵，全是良将，宝玉能够用之，宝玉之所能也，亦宝玉之不易也。

因此，这场比赛所有的错误都可以放下，我们没必要再去纠结和怪罪于谁，总结好问题，继续坚持下去，才是最最重要的。

时光漫长，未来无限，只要大家还在，接下来"龙城杯"第二档的争冠同样值得期待……

第五章

从来没有不以物喜　从何谈起不以己悲

2021 年 10 月 10 日，星期日，13：00。

龙华体育场，六建同心 2：10 山晋谢周六。

我是最爱下雨的，可是连日的降雨不仅让我没了好心情，连踢球的欲望都没了半点。

这样的天气，最幸福的事情就是睡觉，可是身边没有心爱的人，雨也就没有那么可爱了。

虽然今天雨停住了脚步，但我总觉得少些什么。上周的失利多多少少还在发挥作用，每个人都是慵懒的样子，对手更是了无生气，只来了 7 个人。

我努力提起的斗气瞬间泄完，这样的比赛赢了没什么好说的，更没什么好写的，对方没人，也没有士气，完全把这场比赛当作了一场友谊赛。

"山晋"这边轻松应对，排出 3-4-3 的阵型，却用 2-0-8 的阵型，砍瓜切菜式地把对手干了个底朝天。即使对方断断续续地来人补充，但终究不去拼搏，坐视"蹂躏"，形同死尸。而"山晋"毫无顾忌，像是个好久没有见过女人的男人，疯了一样，扑个没完，45 分钟，干了

8 球。

这场比赛的口号是"为文章而战"①，可是这样的比赛我不知道能写出什么来？

不管怎么说，对手凑齐 11 个人了，他们应该为此拼搏一下。

下半场，双方平分秋色，各进两球，结束此战。

虽然第一档冠军的魅力无限，但退而求其次的争夺也同样值得努力，"山晋"本场 10∶2 大胜，争取第二档冠军的步伐再进一步。接下来的比赛似乎会相当轻松，因为谁都挡不住"山晋"想要一个冠军的雄心。

这场比赛之前，我一直以为不会有什么事情可以影响我踢球的心情，但这场比赛之后，我才知道，我能被太多的因素所左右。"不以物喜，不以己悲"只是挂在了我家的墙上，并没有进入我的心里，我仍然需要不断地修正自己。

---

① 为文章而战：上周球队失利后无缘"龙城杯"第一档争冠，多少有点沮丧，因文章我每场都写，为了不中断大家的积极性，宝玉提出本场比赛"为文章而战"的口号，没想到对手的态度直接毁了一场比赛，也毁了一片好意。

第六章

先声夺人耐火逞强　团结似火山晋点胜

2021 年 10 月 18 日，星期日，15：00。

聚华体育场，山晋谢周六 7：6 耐火青年。

为了足球，我又一次让爱人单独去送儿子，这样的情况发生了不是一次两次，而是 10 年。如果从这个角度来评价一个男人的话，我就是全世界最糟糕的那个。

今天的车很难叫，最近的离我还有 3.6 千米，我等的时候都有时间去铂尔曼酒店上趟星级厕所了。

曹操专车的师傅能够看透人心，知道我在赶时间，一路上碰到还有 2 秒要闪的绿灯，能够再加一把油飞过去，遇上闯不过去的红灯，还会叹口气，就好像着急赶到球场的人是他，不是我。

曹操专车不错，我没有迟到。我跑进球场，看到"大个"带着一帮兄弟们装模作样地进行热身。球队从来没有干过这事，哪次来了不是提裤子上马的，看来大家对今天的比赛比较重视，但有个现象我没有看懂，那就是讲解今天战术打法的是"大个"，决定谁要首发的却是宝玉。这本身也没什么太大的问题，但先后顺序错了，很多东西可能就错了，很显然，球队"高层"的沟通出现了点小问题。如此两张皮，还是"新媳妇回娘家"第一次。

耐火青年足球队，成立怎么也有个五六年了，记得当年我组织比赛①的时候就有这支队伍，为什么叫耐火？估计和企业名字相关，具体我也懒得去考证了，反正从历史战绩来看，"山晋"从来没有在它身上占过半点便宜。

"耐火"最让人担心的就是他们有几个"快"手，突破起来很难阻挡。上半场"山晋"吃尽苦头，对手利用"山晋"右路防守空虚，快杀禁区，连入3球。

这样的进程让所有"山晋人"出乎意料，"山晋"还从来没有遇到过如此尴尬的上半场。

宝玉不得已提前进行人员调整，我、李杰、王佳乐换下孙华、"老金"和"二旦"②。

球队也不得已必须全线进攻。

在我看来，这30分钟，输在了防守反击的战术执行不到位和拼劲严重不足这两方面。

宝玉的调整立竿见影，对方开出门球，张炯一声"抢"，全员皆跑，狼一样地向对方反扑，对手毕竟也是凡夫俗子，也一下无法适应，反攻就在一瞬间，高健阻击对手出球，皮球落在白强脚下，白强右脚假动作，晃过封堵的两名后卫，左脚抽射，扳回一球，1∶3。

反攻的号角已经响起，球队也将中场控制起来，形成强烈的压制之势。球队像脱胎换骨一样，球员对比赛胜利的渴望就像狼群遇到落单

---

① 2014年，我曾创办太原足球联盟，先后组织过太原足球超级联赛、太原足球联盟杯赛、山西足球超级联赛等品牌赛事，当时制定和执行的许多规范至今仍然不同程度地影响着现有赛事组织者。

② 赵霍军：小名"二旦"，外号"霍州梅西"，出勤不多，技术细腻飘忽。

的羊。

中场休息，宝玉和主裁发生口角，一边的"老金"恨从中来，上去就是一脚，这一脚也不知道踢到了人还是踢到了桌子，总之惹怒了主裁，这件事惊动了迎泽区派出所，比赛一度中断，甚至有可能取消。

经过多方"斡旋"，最终还是警察的话起了作用，主裁也恢复了冷静，消了消气，比赛得以正常进行。

这里不得不夸一下咱的政府，110打了，不管这事情有多小，哪怕只是小到丢了一分钱，警察总能尽快地出警。无论如何，再好不过。

这事后来处理到晚上12点，"老金"赔了点钱，算是一了百了。

生活中，不管遇到什么事情，我都不主张动手动脚，中国的法制进程有目共睹，不管你是老百姓，还是达官显贵，总有讲理的地方，通过武力来解决总不是一个最优的选择。

一番折腾总算消停，下半场胡钰、张清①上场，我和胡钰、张炯组成熟悉的中场三角，加强进攻。张清年轻力胜，协助"大个"完成对"耐火"边路快马反击的防守。

但不管怎样，落后两球的打法已经没什么套路，想要"乱拳打死老师傅"才是当下所有人一致的想法。

球，就是这样踢的。

比赛第51分钟，"大个"后场长传禁区，白强与后卫起跳"争顶"，皮球入网。

2∶3?

白强说这球是乌龙球。

管它呢，谁又看得见呢，尽快扳平比分才是最最关键的，白强强烈

---

① 张清：球队新援，年轻气盛，已经融入球队，未来无限可能。

的求胜欲望带领着球队不断地给对方施压，没有白强这颗子弹头，谁来瞄准"敌人"？谁来射向对手？因此，白强梅开二度，比分 2：3，比赛还有 40 分钟，仅落后一球。

虽然只有一个球的差距，但"山晋"想要打破全力防守的"耐火"也并没有那么容易。"大个"说的没错，这可能是"山晋"本年度最艰难的下半场，我们唯有咬紧牙关，拼尽全力，才可能创造奇迹。

说实话，"大个"这个人现在越来越靠谱，战前动员讲话总是鞭辟入里，极具煽动性，像个领兵打仗的将军。

白强争胜的欲望同样感染着我，我也想为处在逆境中的球队贡献自己的全部，我也想成为这场比赛的英雄。

比赛第 61 分钟，我在中路拦截皮球，顺势将球带向右路，和高健作二过一配合，轻松杀向禁区，"倒三角"传至跟进的胡钰，胡钰射门未果，后点包抄的李杰右脚抽射，被门将单掌托出底线，错失扳平机会。

比赛第 67 分钟，高健凭借出色的个人技术左路传中，我在禁区高高跃起，头球攻门，可惜将皮球顶在肩膀之上，未能如愿实现我心中进球的目标。

时间不断流逝，我虽技不如人，但还好"山晋"有一个进球如麻的白强以及向死而生的集体。

我说过，谁都不要低估"山晋"想要一个冠军的雄心，谁也不要轻视一个狼群奔跑撕咬的能力。

团结似火，团结也是火。球队今天要是不把比赛拿回来，谁都对不起。即使"耐火"真金，也一样害怕火炼。今天这火，必须烧得非比寻常，这不是普通之火，这是"山"昧真火，"真神"之火，无形之火，先天之火。

苍天不负有心人，大海不溺真君子。比赛第 81 分钟，白强在乱军中觅得一线机会，右脚捅射，皮球不负众望，如愿进网，3∶3，球队终于在逆境中获得重生。

从落后三球，到追回三球，球队用了50分钟。这50分钟的努力将比赛带入了点球大战。

点球大战永远都是最刺激的足球时刻。我经历过的上一次点球大战还要追溯到五六年前，那场比赛我带领"医大兄弟"点胜"亨利"，因为扣人心弦，所以至今难忘。

今天的点球，我被安排在第6轮，好紧张啊。我希望队友在5轮的互射中赢下比赛，不要把我放在那个最艰难的时刻，我又希望我是那个最关键时刻的关键人物，我想要成为拯救球队的英雄，我也渴望成为带领球队闯进决赛的胜负关键手。

我纠结着看着每一个点球，这样的紧张连胡钰队长都有，他甚至一度依偎在我的背后，不敢观看。

队友们五罚四中，对手却干了两回横梁，7∶6（3∶3）。球队像所有剧本里写的那样，有惊有险地拿下胜利，进军决赛。

比赛胜利后，我不禁会想，对手能够领先三球，为什么又会输掉三球，最后把点球大战也一并输掉呢？

或许我们总在谈的足球比赛的那口"气"，才是最最重要的。说实话，我没有感受到对手任何想要赢下比赛的欲望，反观"山晋"全队上下，必须要拿下这场球的气势始终冠绝全场。

足球有的时候拼的就是这口气，拼的就是这个四海归一、唯我独尊的气势。

难道你不觉得，这就是里奥·梅西和克里斯蒂亚诺·罗纳尔多的区别吗？

第七章

无可奈何同城败北　如愿以偿山晋折桂

2021 年 10 月 24 日，星期日，15：00。

聚华体育场，山晋谢周六 1∶0 同城流浪汉。

无论现在我们是什么样的心情，都可以在过去的文字或歌曲里找到共鸣。一曲《孤城》① 就是我现在的内心写照，我必须从"城里"突围出去，迎接即将到来的龙城杯（第二档）决赛。

我再一次委托爱人去送儿子，我早早地来到球场，漫不经心地活动着不再年轻的身体。

冠军就在眼前，阳光透过奖杯，将金色洒满球场，和煦的惬意瞬间穿透我身。

要知道，球队为了这一天，整整地等了 7 个星期，而我却憧憬了七七四十九个日夜，这就像一个轮回。如果我们还记得第一场比赛时写下的誓言，那我们也就忘不了当时的雄心壮志。

---

① 《孤城》是洛先生演唱的歌曲，由炎鹤创作，单沫文编曲，发行于 2021 年 8 月 10 日，随后迅速成为抖音神曲。曲中高潮部分在洛先生独特嗓音的演绎中，顿生悲伤凄凉的感觉，瞬间让人想起藏在内心最深处的那个最爱的人。"沉醉在梦中，梦醒，爱悄然落空"这句歌词写出了多少曾经"爱而不得"男女之间的真情实感。

　　"同城流浪汉"是今天决赛对手的新名字，其实就是以前的"鑫晋德"，里面的人员也都是一些熟悉的老球友，至少在五六年前我们就曾一起在球场上驰骋过。尤其是他们的中场核心"王鹏"还是"山晋"2年前的主力前腰。

　　"山晋"的现中场胡钰因"会"缺阵，球队不得已寻求变阵，"山晋"的变化就是不设前腰，我和张炯司职后腰，中后卫屈直①出任前锋。

　　这场比赛没有打法，唯一的打法就是"大个"后场大脚找同样是大个子的屈直。

　　此番变化是在研究对手近3场比赛录像后作出的重大调整，宝玉不可谓不认真。尽管如此，我仍然对今天的防守充满担心。但比赛开始后，这样的自信不仅包含在"大个"的每一句战术里，也体现在他的每一次回追堵截里，甚至感染着宝玉，在比赛开始2分钟后让前锋白强换下了肩膀脱臼的后腰张炯。

　　这样一来，后腰就剩我一个人了，让我打"单后腰"，相当于阵型里不设后腰了，本来就没前腰，这不相当于放弃中场了嘛。

　　"大个"在足球比赛上的自信，上天入地。

　　我不敢苟同于这样的理念，但对我来讲，我必须听教练和队长的安排，但这样的安排无形之间束缚了我本就并不强大的自信。

　　张炯是我比较信赖的后腰之一，此番出场两分钟就被对手干到脱臼，也算是"鞠躬尽瘁"。张炯受伤后，我被队友急唤上前处置，我好赖是个大夫，简单的触诊和"搭肩试验"，宣告了张炯对本场比赛的告别。

---

　　①　屈直：球队新援，当年"高速管理足球队"的主力中后卫，头球技术出众，比赛经验丰富，见过大场面。个子应该有一米九还要多，英俊无比。

这里科普一下，什么是搭肩试验？患者坐位或站立位，肘关节取屈曲位，将手搭于对侧肩部，且肘部能贴近胸壁为正常，如果能搭于对侧肩部，但肘部不能贴近胸壁，或肘部能贴近胸壁，但手不能搭于对侧肩部，均为阳性，提示有可能肩关节脱位。如果都疼到不敢往肩膀上放了，那多半更是无疑了。

我在解放军第四医院①做实习生的时候，医院组织打篮球，外科有个大夫肩关节习惯性脱位，篮球打着打着，肩关节就向前掉了下来，当大家都"惊慌失措"的时候，人家趴在双杠上，吊了一会儿，自己就复位了，要不说医生都是"神"呢！

张炯这种情况属于肩关节脱位里最常见的类型：前脱位。但是这个脱位的时间也有点太靠前了，比赛还需要他呢？

比赛在"大个"的预判中展开，放弃防守反击打法的"山晋"一度将对手压制在半场，对他们狂轰滥炸。失传多年的"长传冲吊"在业余足球比赛里得到另类演绎。我们首先听到"大个"的"山晋"，然后就是集体的"加油"，后来就是"大个"频繁的后场"大脚起球"和屈直在前场同样次数的"争顶起跳"。

比赛在压制和反击中僵持，左后卫李质彬②和右前卫高健表现出色，不断利用突破威胁着对方的整条防线。而对手也利用反击一次次挑战着"大个"的自信。

比赛毫无新意，大家就在这样的画面里，疯狂地"绞杀"。坐在电视机前的朋友们，别瞌睡，也别走了神。说不定反击就会导致失误，失

---

① 中国人民解放军第四医院始建于 1951 年，位于青海省西宁市城东区，是一所集医疗、教学、科研、预防、保健、康复、急救为一体的综合性三级甲等医院，2019 年更名为中国人民解放军联勤保障部队第 941 医院。我在这里度过了极其美妙的一年。

② 李质彬：球队元老，主力左后卫，攻防俱佳，实力强悍。去年重伤，今年完美复出。

误就会形成进球，说不定压制就会发生混乱，混乱就能产生进球。

比赛你来我往，到了第 32 分钟。"大个"利用后场任意球机会，再次将皮球吊向禁区，对方三名后卫未能将皮球及时解围，人丛中鹤立鸡群的屈直倒地抽射，1∶0，斩获加盟球队首球，带领球队终破僵局。

此球高健干扰防守，碰到皮球，间接形成助攻，也是进球的功臣之一。

如果从进球来看，球队的安排和战术那是相当成功。宝玉和"大个"的大胆变阵成为这场比赛"技高对手"的关键法宝。球队拼尽全力的进攻不仅有效地限制了对手的出球，也让屈直的"前提"收获进球。

这个进球无限证明了屈直的价值，也无限证明了变阵的正确。因为足球决赛，结果是第一位的，球队依靠这粒金子般的扫射进球最终获得了最后的冠军。

还要什么呢？这就足够了。

从心态上讲，比分领先后球队可以放得再开一些，教练宝玉干脆坐在地上聊起了闲天，胸有成竹的样子并不影响场上队员的进攻。比赛第38 分钟，我不仅尝试着射了一脚门，还成功地进行了几次前场的拦截。但说实话，整个上半场，我的表现多少有点紧张，几次处理球都欠点火候。因为没有其他中场的支持和配合，我不能允许皮球在我脚下失误，我担心在这样重要的决赛中因为自己的能力不足而成为球队的罪人。这是我的不自信，却是"大个"的自信。总的来说，我在上半场的表现有抢断，有射门，尽职尽责，中规中矩。

话说回来，拥有众多"流浪汉"的对手，并没有被动挨打，同样有机会扳平比分，尤其是在比赛的第44 分钟，对手就利用我方立足未稳，快发任意球，吊向边路，对方前锋持球外切，晃过防守，起脚兜射，眼看皮球入网，球队最后一道防线的"路处"原地弹起，一看是奋袖出臂，再看是回头望月，将皮球托出底线。

"路处"用一招业余球队守门员很难使用的招式轻松化解对手的致命射门，可谓挽球队于水火，否则上半场最后时刻的丢球很容易打乱球队所有的部署，也必将给球队下半场的发挥带来更多的不确定性。

放眼世界足坛，一支球队能否夺冠，离不开一名守门员的神奇表现，"路处"一招"神仙手"送给对手"无可奈何花落去，似曾相识燕归来"的惆怅心情，也算是对得起今天所有兄弟们的期待了。

中场休息，宝玉的调整再次出乎我的意料，赵海、牛凯、闫涛、李杰换下"老金"、孙华、高健和王路瑶。一场势在必得的决赛竟然敢如此大范围地换人，而且牵涉到众多后防线的关键位置，让人不禁胆战心惊，也不得不佩服宝玉的"胆大包天"。而因为胡钰的缺阵和张炯的伤退，我将有可能第一次踢满全场。

比赛第 47 分钟，"山晋"角球，我奋力争顶，以前没有过。

比赛第 50 分钟，我在禁区左侧前沿，跟进抽射，皮球势大力沉地飞出底线，射得也太偏了。

比赛第 55 分钟，我在中后场接质彬来球，摆脱两人逼抢，将球成功转移至右边前的张清。

比赛第 61 分钟，我在中场拿球后，尝试外脚背传向身后插上的屈直，被对方后卫头球拦截。

比赛第 66 分钟，我在禁区最合适的射门位置接应李杰，李杰射门打高。

比赛第 67 分钟，我在中场做了一次接应传球和补防断球。

比赛第 70 分钟，我在左路形成突破后，皮球被对方补防的后卫解围出边线。

比赛第 75 分钟，"山晋"角球，我再次不要命地争顶，以前绝对没有过。

…………

当然，我也有两个失误，但如果从出现在镜头画面的次数来讲，我并没有像"大个"说的那样表现不堪啊，我也不知道他的标准是什么，总之，我拼命奔跑，始终出现在自己该出现的位置上。

其实，辩解没什么用，一千个读者就有一千个哈姆雷特。一千个球员肯定不会有一个克里斯蒂亚诺·罗纳尔多。

最后，我们不能忘了比赛第 60 分钟，屈直的"梅开二度"，当时屈直抓住对方门将接球脱手的失误，捅射进球，却被边裁误认为越位，实在是对不起今天的决赛。

整个下半场比赛因为双方对球权争抢的激烈，一度闻到了火药味，还好双方都完美地克制了情绪，比赛在裁判地吹吹停停中艰难前行，最后 10 分钟更是提前进入垃圾时间，即使"流浪汉们"全线压上，也看不到太多的进球欲望。

裁判吹响的结束哨音，也没有太多高亢的调调，1：0 的坚守宣告了冠军的最终归属。

冠军的余晖早就铺满了球场，每个人踩在上面腼腆地走向奖杯，"山晋"在宝玉的带领下，终于如愿以偿，问鼎折桂。

夺冠的喜悦自然而然地在每个"山晋"球员的心里四溢，这喜不自胜的快感进了右心房，再到右心室，通过肺动脉、肺静脉，再流入左心房、左心室，然后，依靠主动脉泵向全身，周而复始地不断循环着。

这个融入我们血液的奖杯是球队历史上的第 3 座冠军奖杯，含金量虽然差那么一点，但终归也是冠军。

没人能抵挡冠军的诱惑和召唤，更没人可以对之嗤之以鼻，差强人意的背后还隐藏着宝玉的一片赤诚之心。

不管怎么说吧，明年"战袍"的队徽上将不再双星闪耀，三星高照的画面将持续整个 2022 年……

第八章

侬是宝玉深情切意　我如黛玉多愁善感

上周踢球，见了宝玉，宝玉对本书第七章很不满意，强烈建议重写，主要的问题是草草收尾，没有把球队夺冠的喜悦写出来。

我得承认，这是事实，这和我当时的心情有关系。正所谓："交代自己好交代，交代客户难。"

我想了想，被别人猜出自己的内心世界，真的是一件很尴尬的事，就好像邂逅一个美女，看了人家一眼，人家就说你别有企图一样。虽然这都是事实，但是被点出来，多少有点难为情。

本来，我还是想要按照宝玉的意思，重新写一下第七章的结尾，但是思考再三，也无从下笔，我不可能再写出前传四"海鹏神仙球　山晋喜夺冠"中球队第一次获得冠军的感受，因为我不能把两次夺冠时不同的心境混为一谈，更不能视若等同。毕竟，第一次见心爱的姑娘和再次见，总是有所区别……

另外，我在写这本书之前就讲得很明白，文章仅从自身角度出发，尽力展现比赛事实，不可能面面俱到，更不可能写到每个人心里。说实话，写到现在，我自己看见都想吐，于是只能发给身边的人，尽量让他们也吐一吐，最后定稿，让球队所有的人集体吐，如果还有可能，让其他喜爱踢球的朋友们也能够一起吐，才是最荣誉的事情。

坚持踢球不容易，坚持写作不容易，坚持把业余足球写下来，那更是难上加难。

说实话，我们可能并没有那么爱足球，县长不爱，家长也不爱。虽然我们每周坚持踢球，但其实谈不上多少热爱，充其量是个爱好而已。这点，现在看来，我们都不如宝玉。

宝玉对足球的爱是炽热的，不仅公司的员工得踢足球，员工上班的工作也得分一些给足球，公司请假制度里更是有一条"因公司开展业务可以请假，因公司组织踢球不能请假"的规定……

当然，宝玉对足球的爱还主要体现在对业余足球的喜爱上，为了一场比赛的胜负，他能够研究对手近三场比赛的视频，能够把每场比赛的集锦剪辑出来，能够一个人坐在场边默默地看完一场友谊赛……

这必定是真爱了。

这几年，我已经远离了太原足球的核心圈，唯一还有点存在感的就是每周还能踢上一场正式的比赛，并享受偶有表现和发挥的乐趣，这应该也是我现今坚持下去的理由了。

热爱慢慢退却，究竟是败给了谁？与其说败给了时间，不如说败给了抉择，败给了自己。我没有检讨自己，因为我没脸翻看过去，是不是我连爱个足球也没有过去的勇气了？

……

时光就像睡了一个晚上，我就从 30 岁到了 40 岁。我们不能随便再去爱一个人，也不能随便再干一件事了。

我比不过宝玉，我更像黛玉，心思细腻，多愁善感，容易落泪，要不然能写到现在呢……

第九章

不烦虽老贵在坚持　山晋年少为梦轻狂

2021 年 11 月 27 日，星期六，9：00。

聚华体育场，山晋谢周六 5：1 不烦。

"龙城杯"结束后，球队就像放了一个假，而我还在假期里"潦倒"，从来没有过的烦躁席卷着我，对踢球的兴趣消失殆尽，不知道还有什么能够激活我……

今天是个值得纪念的日子，我将在早晨比赛结束后，赶回原平，参加下午在我的母校（原平市第一中学）召开的原平市足球协会第三届会员代表大会，大会的目的就一个，我得把自己选下去。

自 2010 年创办原平市足球协会以来，我带领原平足球走过一段艰难的岁月，有一些贡献，有一些功劳，但是随着生活和工作向太原的转移，我没有太多精力和时间顾及原平足球的发展，这严重影响和耽误原平足球前进的路程，我多有亏欠和不安，于是筹划了此次换届①。换届

---

① 2021 年 11 月 27 日，原平市足球协会第三届会员代表大会在原平市第一中学书画院召开，市卫健体局副局长秦江平出席会议并致辞。经会员代表投票选举，产生了市足协第三届领导成员，他们分别为主席：吴衡，副主席：侯捷夫、赵彦生、聂建银、王亚斌、贾杰，秘书长：杨利民，副秘书长：孔凡增、魏玉涛、杨振伟，王彦文仍然担任足协党支部书记。大会最后聘请王晶晶为市足协荣誉主席。

后，我就将离开我为之"抛过头颅、洒过热血"的"初心"，未来前行的路上我就更多的像个看客，观它的风和日丽，听它的风起云涌。这多少有些不是滋味，如同把自己的亲生孩子送人一样，"忍痛含泪"下是我对未来孩子茁壮成长和发展的希冀。

回到今天的比赛，这是球队在本届冬季联赛的首战，也是此项赛事的揭幕战，球队报名人员超过了 20 人，虽然我的心劲儿不高，但还是例行公事一样早早地来到了球场。

对手"不烦"算是老对手了，本届赛事也没见什么新援加入，一队"老汉"支撑到现在，实属不易，但是这支球队可从来没有放弃过任何一场比赛，不管你是谁，强大还是弱小，它就是它，它还是它，不会因为对手是谁而烦，更不会因为自己是谁而烦，能够让它们烦的估计就是没球可踢吧。

不烦就是不凡，虽不伟大，却也不平凡。

天气还行，虽然冷，但并不刺激，跑起来的话完全可以忽略，再看看宝玉的排兵布阵，享受比赛才是球队今天要努力做的事。

宝玉首发出任前锋，"大个"守门，我和胡钰司职双后腰。比赛在冬日的阳光滋润下，徐徐展开。

冬天的足球比赛看起来多少有些散漫，大家通过比赛热身的样子看起来有点笨拙，"老年人们"老胳膊老腿的足球动作就像是在做分解动作，缺少些润滑，也缺少些灵气。

对手并不强大，但"山晋"得势不得分的状态持续了 13 分钟，尽管"小范"和孙华分别击中横梁和门柱，但打进第一个进球的时间是直到我接到胡钰的传球开始的。

我在球场的中圈附近接到胡钰传球，然后利用身体和速度，连续摆开对手两名后卫的防守，形成单刀，在对方门将倒地封锁近角时，将皮球送向球门远角，1∶0，先拔头筹，也打进了本届冬季联赛揭幕战的首粒进球。

"龙城杯"的进球荒，终于在冬季联赛中打破，希望这不仅能帮助到本场比赛，还能够照亮和温暖这次漫长的冬季联赛。

首开纪录就像推倒了多米诺骨牌，紧接着，"小范"就用3种不同的方式在上半场即完成了"帽子戏法"的表演，简直是羡煞旁人。

比赛第23分钟，胡钰中圈将球吊向禁区，"小范"范佩西式鱼跃冲顶，2∶0。

比赛第38分钟，胡钰后场挑传"小范"，小范轻松突入禁区，单刀破门，独中两元，3∶0。

胡钰队长助攻梅开二度，不愧为球队中场发动机。

比赛第45分钟，"山晋"赢得角球，女边裁对皮球摆放的位置提出异议，"小范"不得已重新放定，随后左脚划出弧线，直入球门后角，4∶0。

女边裁的"多此一举"助攻了"小范"的轻松"戴帽"。大家的揶揄和女边裁的严肃形成了鲜明的对比，"泾渭分明"的面部表情包含了球场上有女人的一切乐趣。不过，话说回来，"小范"的左脚弧线堪称职业，此球不仅向无数的角球破门者致敬，更是致敬了此后12月6日意甲第16轮夸德拉多打进的神仙角球（该球被《天下足球》评为当周最佳进球）。

上半场的轻松可以让球队进行11个人的大轮换，这听起来有些不可思议，但这就是球队的现状，积极的出勤已经严重地影响了每一个人的出场时间，但这也恰是好多球队所羡慕的。球队不断地"更新迭代"，球员不断地进进出出，在日渐寒冷的龙城，仍然能够保持旺盛的活力，确实令人羡慕。而我呢，随着年龄的增长，被淘汰的担心也是越来越大，也不知道什么时候，就会成为球队讨人厌、惹人嫌的累赘。

人无远虑，必有近忧。管它那么多呢，人到中年，该照顾的人太多，该周全的事情也太细，我匆匆离开球场，却也没有忘记关注下半场的比赛进展。

第 58 分钟，"山晋"前场进攻被断，"不烦""三传两倒"形成反击，对方左前卫边路带球一路狂奔，突入禁区，兜射远角，扳回一城，4：1。

这一记出神入化的世界波后，双方进行了长时间的拉锯战，谁也无法占得便宜，直到比赛第 82 分钟，姚宁突施冷箭，远射破网，"山晋"才完成下半场首球。

5：1 的比分就是结束，"不烦"虽然输球，但一众兄弟们不管年龄多大都在坚持的举动就是最令我感动和钦佩的品质，这就像 10 多年前我创立原平市足球协会时绘入队徽的初衷那样：为了那些坚持踢球的人。而"山晋"取得开门红，开始了另一个现在谁都还不愿意喊出来的梦想之旅……

第十章

远光无将独木难支　山晋有兵多点开花

2021 年 12 月 11 日，星期六，9：00。

聚华体育场，山晋谢周六 8：2 远光。

球队上周比赛轮空，竟然还没有约到友谊赛，原因据说是球队实力太强，找不到对手。这真是搞笑，我这 40 岁的"老汉"还几乎在踢主力，我是真看不出球队有多强了，就比如说这场比赛，球队好多主力缺阵，本以为"凶多吉少"，没想到开场不到 20 分钟，就连入 5 球，进球的轻松程度堪比煮方便面，刘魏健雄（以下简称刘魏）更是一传两射，闪耀全场，成为球队最靓的仔。

我这是不是有些"凡尔赛"？老了老了，混出个样子了。我这足球水平不怎么样，可动静儿够大，短视频发得勤，文章还紧跟生活，茶余饭后总得有点谈资，现在好了，球场上要是有个表现好的瞬间，大家祝福的声音除了叫好，还有文章又有了新素材的夸赞，不管怎么说，乐乐呵呵的，挺享受的。

上上周，我打破了 56 天不进球的尴尬，一举超越了武磊保持的 333 天不进球纪录。但今天我的状态一般，难有进球，反而右前卫高健异常活跃，利用自己的年轻和技术频频制造杀机。

比赛第 5 分钟，高健右路传中，对手乌龙，1∶0。

比赛第 8 分钟，高健右路横传胡钰，胡队轻松扫射破网，2∶0。

一分钟后，又是高健，右路送出半高空传中，刘魏跟进，临空扫射，皮球应声入网，3∶0。刘魏的进球算是提前 80 分钟杀死了比赛，对手还没有反应过来，连挨 3 记重锤，更令人吃惊的是 3 粒进球的方式几乎如出一辙，高健一个人在边路就把对手搅到人仰马翻，对手不堪其扰，又无可奈何。

比赛第 16 分钟，白强接胡钰长传，在对手禁区里完美地展现了自己出色的个人技术，一顿操作，再下一城，4∶0。

2 分钟后，赵鹏边路抢断，传向刘魏，刘魏迎球转身，闪过 3 名后卫，突入禁区，将球传向位置更好的白强，白强用自己招牌式的假动作晃开封堵，射门得分，5∶0。

白强此球必须感谢刘魏的一闪一传，这样的表现像极了一名中场大师，刘魏今天一定是脑子开了光，醍醐灌了顶。

不到 20 分钟 5∶0，这多少有些难堪，"远光" 仅仅依靠前锋 "老段" 的战术无法有效实施，"老段" 尽管脚下技术出众，但独木难支，虽然在比赛第 21 分钟，通过角球，头球扳回一球，但毕竟得不到更多的支持，只能陷入我方三名后卫的围抢堵截之中，而不能有所表现。

"远光" 的无力出乎我的意料，刘魏的表现更是出乎所有队友的意料。上半场比赛最后一分钟，高健罚出角球，孙华后点冲顶，被门将挡出，刘魏因扎吉式地突然闪现，左脚推射，6∶1。

至此，高健助攻大四喜，胡钰一射一传，白强梅开二度，刘魏两射一传。刘魏用极尽完美的表现诠释了自己的坚忍和坚守，如果运气再好一些，刘魏 "戴帽" 会和他的窗帘生意一样，简单而又富有美感。

刘魏 "出彩"，印证了 "山晋" 就是个大染炉的说法，这个炉子不断调温，将每一个坚持下来的球员染成了他们想要的色彩，然后在一年四季里变化多端……

下半场甫一开始，缺阵大半年的海鹏登场亮相，并很快利用对方回传门将的失误，再进一球，7∶1。

随后，我和白强、刘魏、赵鹏被换下场，球队进入"宝玉时间"，也就是"老板时间"。当然这是开玩笑，如果一个球队有"老板"登场踢球的时候，那至少说明球队的大胜或者比赛的无关紧要。

比赛第 72 分钟，"远光"的"老段"中圈得球，从山晋 3 人的包夹中突围，远射得手，为球队挽回一些颜面。

比赛第 79 分钟，胡钰外脚背斜传禁区，李杰领球，单刀破门，算是快速地还以颜色，8∶2。

进球大战宣告结束，"山晋"兵多将广，多点开花，即使是宝玉，进球率也高于我。更多的时候，我满是羡慕，别人进球如麻，如探囊取物，而我拼尽全力，也只能是偶有斩获，难起来就像是开水里面荷包蛋，天女散花的蛋汤里全是自己二十多岁的影子。

好吧，老就老了，不服高人有罪，不服老更是罪孽深重，与其感叹，不如好好地享受球场上的每一分钟吧……

第十一章

山晋恃强骄兵必败　龙栖积弱哀兵必胜

2021 年 12 月 18 日，11：00。

聚华体育场，山晋谢周六 1：2 天颐美佳。

天底下，就没有什么快乐足球，说快乐足球的那都是没有认真思考、无心去骗人的"鬼话"。

输球能快乐吗？

"快乐个毛线"。

不该输的球输了，该拿下的比赛没拿下，高兴得起来吗？

"天颐美佳"就是原来的龙栖足球队，我曾经在这个队踢过一段时间，有些队员还算认识。论实力算不上强队，肯定在"山晋"之下。宝玉赛前还随意诉说着它们的囧态：上周竟然输给了"不烦"。要知道，首轮比赛"山晋"可是 5：1 大胜"不烦"。如果这么推算的话，本轮应该又是一场大胜。

我想这估计就是"山晋"所有人的想法，全队上下蔓延着轻敌的气息，对手不堪一击的画面跃然场上。

球队未做任何人员安排，未做任何战术布置，就像前两场比赛一样，谁先来，谁就上呗，至于踢什么位置呀，怎么踢呀，没有任何人作交代，就连开场前的加油声都显得有气无力。

比赛一开始，画风就变，对手铆足劲儿，积极逼抢，气势凶猛，并且很快在比赛第 4 分钟，利用反击，"三打四"成功，"山晋"0：1落后。

如此快的丢球并没有让"山晋"清醒，后防线再一次压到中圈，"山晋"天真地以为还能够复制"龙城杯"决赛对阵"同城流浪汉"的打法。

我出任前锋却毫无拿球机会，空跑的无奈甚至一度让我有想要被提前换下场的念头。

"山晋"后防线就是大脚，中场已经出不来球，对手一次次猛烈冲击，"山晋"一次次疲于应付。直到比赛第 20 分钟，"山晋"才在一次界外球进攻中，获得机会。

当我接到刘魏抛过来的界外球，转身突入禁区，马上就要单刀面对门将的时候，却被对手从身后绊倒，重重地摔倒在禁区里。不过，即使我和对方两名后卫摔得人仰马翻，裁判也没有要判罚点球的意思，这让我生气，我的腿都要断了。

我倒地换来的直接任意球被对方门将没收，对手的反击还险些酿成"山晋"的失球。"山晋"的替补席已经听不到任何嬉笑，比赛的艰难程度已经让队友们坐立不安，宝玉不得已进行调整。这是一次被迫作出的改变，孙华、白强、"老金"登场。

无论如何，焦躁的情绪笼罩着每一个人，出任首发门将的"小范"竟然直接故意将对方前锋放倒在禁区，还好，对手点球踢得够正，才不至于提前将球队逼入绝境。

1：0 结束上半场，球队虽然落后，但大家仍然没有认识到危机的严重性，仍然满怀期待，认为下半场可以扭转颓势，轻松胜出。

宝玉的调整无关痛痒，我兑现着打满上半场的承诺，满是遗憾地离开球场。事实上，我是多么想留在球场，继续努力，为球队翻盘作出贡献。

带着深深的不舍和些微的不满，我回到家中。这能让人快乐吗？我不甘心地打开直播链接，虽然改踢左前卫的"小范"在比赛第 58 分钟扳平比分，但随后，下半场出任守门员的"路处"停球失误，酿造离谱乌龙，瞬间打击了刚刚复苏的球队士气，比赛虽然还有 30 分钟，但球队始终没有再取得半个进球。

要知道，此球的失误和今年 10 月 9 日世预赛上威尔士对阵捷克，拉姆塞回传，威尔士门将出现的离谱乌龙球简直一模一样。

类似的还有今年欧洲杯 1/8 决赛克罗地亚对阵西班牙，比赛第 20 分钟，佩德里回传，西班牙门将乌奈·西蒙停球失误导致的乌龙球。

球队最终 1：2 输掉了这场不该输掉的比赛，郁郁寡欢的结果怪不得任何人，搬起石头砸了自己的脚，只能抱怨自己不够小心，还能说啥？

这场比赛，"山晋"没有认真对待，等想要好好对待的时候发现并没有那么简单，对手的认真和努力已经容不下"山晋"的"后知后觉"，甚至是"不知不觉"了。

这场比赛，"山晋"缺乏对对手应有的尊重，以为对手孱弱，没想到对手书写了最后的讽刺。

如此想来，球队必有一败，当有此败啊。

东汉班固的《汉书·魏相传》："恃国家之大，矜民人之众，欲见威于敌者，谓之骄兵，兵骄者灭。"关羽大意失荆州，此为骄兵之败。曹操赤壁失利，亦为骄兵之败。

"山晋"赛前即认为自己兵强马壮，暴露出恃强凌弱的心态，并且认为对手积弱已久，弱不禁风，自然而然地成为班固笔下的骄兵，而兵骄者易灭，因此，"山晋"之败也是骄兵之败。

有时候想想啊，踢足球和人生是一样一样的，为什么人们总说"这就是足球"，因为这就是人生啊。一场失利算不了什么，如果在漫长的冬季联赛里，球队没有从这场比赛中得到什么才是最致命的，比赛很长，关键的时候就那么几场，人生也很长，关键的时刻也就那么几次……

第十二章

祈泓福缘不战而胜　感谢周六屈人之兵

2021 年 12 月 26 日，星期日，13：00。

聚华体育场，山晋谢周六 3：0 山西泓福缘。

当你感觉不被需要的时候，心情或许才是最糟糕的。

当爱人不需要你的时候，当工作不需要你的时候，甚至连球队都不需要你的时候……

你该想想问题到底出在了哪里？你也该明白这样的故事天天都有。

如果你还独自怆然，不妨仔细看看装满的垃圾袋子，想想它的一生。当它满腹空空的时候，能给人们带来心灵的抚慰，它渴望被充实，不断展现它的价值，却又害怕被装满，于是再挤一挤，再压一压，再撑一撑……可是无论多么努力，最后终究抵不住被随手一扔的命运，终归还是被嫌弃的结局，即使被垃圾回收者翻来覆去，它也难掩落寞和伤痛。

这就是我的心情，而这种心情在天寒地冻的今天愈发强烈。对手"山西泓福缘"因报名人员不足，直接弃权，还好，弃权的是比分，正赛变成友谊赛总还是能够接受，毕竟不战而屈人之兵才是高手，上兵伐谋就是人间王道。

"山晋"上周轻敌输球，本周憋足了劲儿，报名人员又是20多人，准备来一场十足较真的对决，谁想重拳砸在了棉花堆，没有声音也没有力量。

"山西泓福缘"的放弃，估计和"山晋"的强实力密切相关，不愿意和强敌对战的心理也是业余足球比赛的一大痛点，毕竟被虐的感觉一点也不好受。

我和宝玉提前商量自己的出场时间，没有得到批准，于是无奈缺席了本场友谊赛，中断了自己每周都踢球的习惯，怎么说我都有些难过。

不去踢球的理由很多，想去踢球的理由也很多。谁都没有那么重要，别以为离开你，就什么都不行，也许没有你，什么都还更行。

因此，既然没有珍惜可以相爱的时光，那过了爱你的那股劲后，你就啥也不是了；既然没有珍惜可以清闲的时间，那过了那个点儿，你就做不到厚积薄发了；既然没有珍惜可以首发的时刻，那让你作替补的安排，也就显得理所当然了。

人嘛，不如意之事十之八九，感谢那"一二"就好了……

第十三章

球场伤痛在所难免　山晋欢乐本该如此

2022 年 1 月 9 日，星期日，15：00。

聚华体育场，动力车间 0：3 山晋谢周六。

元旦休假，没有比赛，我就顺便总结了一下 2021 年的自己，发现过去的一年，除了没有赚到什么钱外，其他的收获还是很多。

比如说，我在 2021 年的最后一天成了一位名副其实的副主任医师①，跻身高级职称的医师行列，这当然值得高兴，能够多领点工资的想法应该是每一个医疗专业技术人员的理想。

不过，晋级升职的快感并不会持续太久，甚至比不上一顿午餐，比如说去年 9 月份带妈妈吃过的海鲜大餐，虽然是活动价，但物美价廉不就是上一辈的人们一生都在追求的生活标准吗？

用餐的时候，看到妈妈不停地吃，自己开心地就像当年妈妈看到自己狼吞虎咽地吃一样，全是满足和欣慰。

2022 年，我要抽出更多的时间，陪着爸妈，就像当年爸妈陪我一

---

① 医师职称分四个档次，分别是住院医师（初级）、主治医师（中级）、副主任医师和主任医师（高级），每一级的跨越都得经过考试和评聘，我于 2020 年通过国家考试，2021 年通过医院评审并聘任。

样，感受亲情的温暖和祖国的美好。

母爱如水，父爱如山，山是青山，水是绿水，父母就是世间珍贵。在父母的照顾下，我才有时间去踢踢足球，享受生活。

我一个人早早地来到球场，慢条斯理地更换着装备，上一场的比赛还没有结束，冬日的阳光还算友好，温暖着球场边上的每一个人。

本场比赛的对手是"动力车间"，因此大家来得都还不算晚。

"动力车间"的名字怎么来的，我不知道，但这个队伍里面的诸多实力派球星倒是值得看一看和查一查。值得看一看的首先就是刘晋星和尹建军，这两人原是"山晋"的核心球员，本赛季加盟"动力车间"，依然成为绝对主力，本场比赛，双双首发，晋星更是担任了场上队长。值得查一查的叫张健，中国足球运动员，1989 年 2 月出生，山西吕梁人，曾效力于重庆力帆、北京国安等俱乐部，多次入选过国奥队，属于百度百科球员，实力不容小觑。单从纸面实力来看，"山晋"算是平民球队了，菜得厉害。

可是比赛看的并不是纸面实力，"山晋"开场并不害怕，通过十多脚传递，由我完成射门，可惜射得太正，被门将揽入下怀。

对方也不甘示弱，马上用一记横梁还以颜色。

双方摆出一副对攻的架势，好像就是为了观众的感受才这样不顾一切。

比赛第 5 分钟，我机敏上抢，在球场中线，靠近右侧边路抢下皮球，一路杀向禁区，奔跑距离达到 50 米后，起脚射向球门远角。我实在跑不动了，最后的射门仓促乏力，还好，对方也跑不动了，才有我最后一射的机会。可惜，皮球滑门而出，再次错失良机，无奈仰天长叹，也痛恨岁月神偷。

球虽然没有进，但仍然换来一片叫好。短短 5 分钟，我即完成 2 次攻门，完美的状态逐渐升起，自信也更加够劲，这样的表现让对方无所适从，观众们的喝彩就是最好的激励，越踢越上头的样子就像喝足了地道的北京二锅头。

对手毕竟实力非凡，逐渐稳住阵脚后，开始了轮番围攻，而我却在几次激烈的对抗中，"陶醉"其中，扭伤腰部，无法坚持，申请换下。

进入 40 年龄大关以来，我抱怨最多的就是出场时间的"即少"，像这种比赛只踢了 30 分钟不到就主动要求换下的场景在我的"职业生涯"中实属罕见。

我实在是坚持不了了，作为一名医生，我知道我"废了"，这个冬天我都不能再碰足球了。

我的腰有多痛，我的沮丧就有多深。说到腰痛，这算得上是人生最尴尬的痛了，腰从中间一分为二地将身体分为上半身和下半身，起到上下扭转、互通有无的作用，就好像足球比赛中的前腰和后腰一样。没有腰的人如同残疾，没有"腰"的比赛，难度也就可想而知了。

急性腰扭伤的治疗原则首先就是绝对卧床休息，但随之而来的困扰就成了最难度过的坎儿。

这个时候，最难的首先就是翻身，翻身之痛不仅体现在向左翻，还有向右翻，想把整个身体翻过来的难度堪比进球。

这个时候，你会发现打喷嚏是要用到腰的，无法避免的鼻腔刺激给你带来"明知要挨刀，还偏偏躲不开"的心理阴影。

这个时候，更尴尬的就是"大小便"。"痛并尴尬着"就是你的窘境，"哭笑不得"就是最好的注解。原来，能够正常地解决生理需求也是世界上最幸福的事，毕竟自从咱知事以来，还没有练习过躺在床上大小便，明明很熟练的技能却在此时也生疏了。

后面的比赛我不仅没有参与其中，更没有在场边观看，我像个棍子一样，直挺挺地挪到家里，躺在瑜伽垫上的客厅地上开始了我的养伤生涯。

躺着不动，一天地刷手机也是极无聊的事情，我回看了比赛视频，球队不仅大胜"动力车间"，还找到了失去很久的那种比赛感觉，这个"小东西"突然又变得惹人喜爱了。

这场比赛是"山晋"在本届冬季联赛中面临的最大考验，战胜对手意味着冬季联赛第一阶段的冠军就近在咫尺了。

比赛第42分钟，高健中场将球吊向禁区，对方门将在"小范"的干扰下，托球不远，一并跟进的屈直利用自己的身高优势，头球点射，先拔头筹，1：0。

屈直在上半场即将结束时取得的进球，不仅提升了球队的士气，同时也让大家紧绷着的身体获得了瞬间的舒缓，压力的释放还持续到了随后的中场休息。

这种局面对于"山晋"将是极大的利好，重视上半场的最后几分钟往往是足球比赛最终胜负的关键所在。

这样的利好如果再来一个，对于对手来讲，那就是致命的。

2分钟后，距离上半场比赛结束还有最后一分钟，又是高健，抢得对方出球失误，左脚兜射远角，用一记看似圆月弯刀，实际上是电梯球的诡异射门，彻底地将对手想要扳平比分的想法踩在了自己脚下，2：0。

此刻，高健的表现已经超越了对手的张健。

下半场开场不久，孙华机敏，再下一城，3：0。

3：0，这谁想得到？

当然，对手的实力仍然真实存在着，但一次次从"车间"装配的强劲"动力"均被"路处"轻松释放，无论对手将"动力"提升到哪个级别，在"路处"这里，瞬间尽消，顷刻全无，尤其是他扑出张健的单刀和建军劲射的表现堪称职业级。

对手无奈，饮恨而退，败给的或许是"路处"，又或者是他们糟糕的后防线。

"山晋"心满意足。

片刻的逗留和回味后，大家各自散去，如同一场电影的散场，拍屁股走人的身后，满是刚刚上演的精彩。有些队友继续保持着"不吃不喝就没什么意思的骚劲儿"，一场酒足饭饱的吹牛晚宴势在必行，也让我嫉妒不已。

我请假休息一天，腰伤仍不见好转。还好科里的刘永红老师帮我推荐了她的好朋友陈建平主任[①]，陈主任考虑不耽误我第二天的医院工作，开了止痛的处方药，这药就像说明书说的那样，服药后的第24分钟开始起效，很快，我不仅能够站得起来，还可以走上两步，翻身、打喷嚏、上厕所基本没有痛感，不仅应付得了工作，也能够较好地生活了。我像大病初愈一样，慢慢地坐，缓缓地躺，小心翼翼地走来走去。如果我什么也不做，看起来就和上周一模一样。

腰痛的消失甚至让我有点担惊受怕，但实际上，我们不应该把患者生病后的痛苦状态视为一种自然状态，解除患者痛苦是医学诊疗新的方向。我自己作为一名医生，因为了解这次受伤的过程而没有去医院检查，但却忽视了疼痛的消除，活生生地疼了一天一夜，个中滋味，真是谁疼谁知道啊。

但愿世间人无病，何惜架上药生尘。医生们都希望人们没有病痛，人们可不希望没有医生。而我现在"没有了足球"，可怎么办呀？

---

① 陈建平，女，山西白求恩医院疼痛科主任，主任医师，医学博士，硕士生导师，山西省政协委员，山西省巾帼建功标兵，山西省妇女代表，山西省医学会疼痛专业委员会主任委员。

第十四章

昔日苦主旧恨未消　此时山晋又添新仇

2022 年 1 月 16 日，星期日，15：00。

聚华体育场，山晋谢周六 1：5 鑫阳数码。

人无远虑，必有近忧，什么儿女之情啊，朋友情谊啊，全是扯淡，嘘寒问暖的套路话远不如白纸黑字的实在。有些人，根本就不值得深交，也不值得付出感情，所谓"暖饱思淫欲，饥寒起盗心"，人穷志会短，没有信仰更是穷得可怕，因此，我不希望从此再有人问我借钱，哪怕是一毛钱。我就是想好好地踢踢足球，可是上周的腰伤还没有恢复，我只能眼睁睁地看着兄弟们在球场上肆意驰骋，而遗憾不能参与其中。

鑫阳数码足球队近年来一直就是太原业余足球圈中的一支劲旅，"山晋"从来就没有在对方身上占得过半点便宜，去年 4 月份的时候还 1：5 惨败过。本届冬季联赛，鑫阳数码"败走"动力车间"，仅输一场，目前暂列排行榜第一名。

今日对决，"山晋"门将缺席，"大个"无奈出任守门员，球队后防实力衰减不少，这也成了球队输球的主要原因。

历史不会简单重复，但总会有着惊人的相似，这在足球上同样适用，球队不仅输了个底朝天，比分还和上次一模一样。如果说上周 3：0 战胜"动力车间"把球队送到南天门的话，这周1∶5输给"鑫阳数码"就是将球队摔到了十八层地狱。这一上一下的境遇，让我们这些守候在手机屏幕面前的"山晋"队员们无地自容，倍感失望。

人们根本不会从足球比赛的历史中学到任何东西，就像黑格尔说的那样，"人类从历史中学到的唯一教训，就是没有从历史中吸取到任何教训"。

我想这次也一样，球队总结来总结去，只要一输球，那些"赛前没有部署啊，打法没有明确啊，思路不够统一啊，换人不够合理啊，轻敌呀，冒进呀，保守呀……"都是原因。只要赢球都是对的，但凡输球，全是错的，职业足球尚且如此，何况业余足球。我们的比赛如果放在中国足球的整个大盘中考虑，充其量算是第七级别的联赛，又哪能逃脱这样的命数。要知道，生活才是最最重要的，球场上两个小时的喊一喊、跑一跑也就算了。

有时候，我们为了足球一味地较真，还总觉得女人们的思想是愚蠢的，可是换个角度看，她们的思想才是最现实的，输赢她们是无所谓的，打架更是不可能发生的，有时候对我们的鄙夷那是上升到道德层面的。哎，我们生生地被女人打了下去，而这种挫败，是痛到骨髓的。

比赛最后时刻，带病出场的白强扳回一球，多少为球队挽回了一些颜面，毕竟"山晋"的实力也并非徒有虚名，本质上和对手一样，也是近年来太原业余足球圈的一支强队啊。

旧"恨"未消，又添新"仇"，不管怎么说，面对昔日苦主，球队并无改进，惨败的同时也预示着球队对冬季联赛第一阶段①冠军的远离。

---

① 本届冬季联赛，分 AB 两个组，每个组 9 支球队，山晋谢周六属于 A 组，比赛又分两个阶段，第一阶段单循环，第二阶段两个小组前四名交叉，排名相等进行对决，最后产生四个不同档次的冠军。

"落日黄昏晓，夕阳醉晚霞。"①，人群从球场悄悄散去，并无再多讯息，男人们回到家中，继续日复一日地柴米油盐。"门掩暮色，夜枕清风。"②，明日的太阳还是会从东边升起，但人们到底要站在哪里，究竟又要望向何处？

---

① 出自《在最深的红尘里相逢》，作者白落梅，原句："落日黄昏晓，夕阳醉晚霞。门掩暮色，夜枕清风。"

② 出自《在最深的红尘里相逢》，作者白落梅，原句："落日黄昏晓，夕阳醉晚霞。门掩暮色，夜枕清风。"

第十五章

岁末微意不成礼数　年终奉献轻松笑纳

2022 年 1 月 23 日，星期日，13：00。

聚华体育场，山晋谢周六 3：0 山西 IT。

年关将至，再加上前日的小雪，今日双方到场比赛的人员明显减少，宝玉和"大个"等人被困在平顺县无法及时赶回，对手虽然到够了 11 人，但可能是因为主力门将未到的原因，竟然直接放弃了比赛。

这样的话，一场正式比赛立马就降格成了友谊赛，或许是因为下周就要过年了，大家都想着放松下心情，不管是走着踢，还是玩着踢，只要能达到锻炼身体的目的就好。

对手无欲无求，"山晋"坐享其成，于是一场协议就这么轻易达成，这让人想起上上上周"山西泓福缘"的弃赛。足球嘛，不同的人就有不同的理解，尊重规则没有错，但有些潜规则也恰恰适逢人意，所以，没什么可抱怨的，我毕竟也正在腰伤的康复中，本周正好试试，比赛强度没那么大，算是复出的最好"奖励"了。

对了，因为上上周我在文中介绍了腰部受伤后的恢复方法，很多懂球帝的网友问我究竟吃了什么神药，不仅奇迹般地快速痊愈，本周竟然还能上场踢球。

其实，我也在疑惑，甚至有点不太相信自己，我只是吃了 5 天的依托考昔片，竟全然没有痛感，以至于到现在我还以为自己的腰在药效中不能自拔呢。

事实上，只要上场一踢，我就明白，自己的腰想要完成一场正式比赛几乎是不可能的，即使戴了护腰，仍然使不上多少力量，腰的中流砥柱作用可见一斑。

其实，大脑的自我保护意识非常明显，身体有半点的不适应都会及时传达，不行就是不行，强行发力只会适得其反，虽然我也适时地跑一跑，但确实还不是那个"完好"的自己。

我抱着侥幸心理赖在场上，也实在是因为太爱这个足球了。热爱足球的人都知道，离开足球的日子，不好受。

这场友谊赛，双方你来我往，球队进了不少球，我还送上一次绝妙的助攻，这就得感谢我这次受伤了，受伤以后，一切都会慢下来，生活慢下来可以思考人生，工作慢下来能够说明意义，而足球慢下来，人在禁区附近就不会那么紧张，有了慢下来的时间，也就有了传球火候的把握，有了冷静射门的处置。

这样的收获简直不可思议，却也正是生命的真谛。人生有很多种，就像马上到来的"年"一样，有的回家过年，有的在外过年，有的独自过年，有的双双过年，有的过不了年，有的天天过年……

第十六章

淡淡苦涩昨天滋味　一切美好今日沉醉

2022 年 2 月 6 日，大年初六，晚 7：00。

印度新孟买帕提尔体育场，女足亚洲杯决赛。

中国女足 3：2 韩国女足。

年难过，年难过，年年难过年年过。

我最讨厌过年，但从来没有像今年这样讨厌。重复了 40 年春节的样子，除了能陪着父母外，没有半点让我留恋的。我只能用躺着不起，来填补精神上的空虚，聊不到一起不想串门，酒量不行不能喝酒，五音不全不会唱歌，和父母娱乐性质的麻将也不能打个没完，儿子大了刷儿子的抖音，中年夫妻恨不得离得天涯海角，当然这个时间也不会有足球，你说，这年能有什么意思？

这都是我自找的，希望明年能够带着父母妻儿到海南串门，在三亚喝酒，在大海唱歌，一起感受一次轻松愉悦的春节。

当然，这个年也并非一无是处，如果非要给这个无聊生厌的春节找个兴奋点，那就是中国女足的亚洲杯夺冠。

我是带着儿子垚鑫（15 岁）和小外甥午亲（10 岁）一起观看的这场比赛，因为两个孩子看动漫剧《斗罗大陆》，导致我们忘记了中国女足的上半场比赛，换过来的时候，上半场已经结束，为了表示对中国女足的支持，我发表了一段还算优秀的观赛讲话。

"中国女足虽然0∶2落后了，但这只是暂时的落后，我们要相信水庆霞阿姨，相信中国女足的姑娘们，今晚的铿锵玫瑰们一定会绚丽绽放，一定能够迅速地扳平比分，然后在比赛的最后时刻，绝杀对手，创造奇迹，夺得本次亚洲杯的冠军。"

说这话的时候，我是站着的。因为是中场休息时间，两个孩子用无辜的眼神默许了我的表演。

比赛开始后，中国女足似乎找不到迅速扳平比分的办法，我虽然不时地加大声调来吸引午亲的注意力，但对于一个并不喜欢足球也不踢足球的小学生来说，《斗罗大陆》明显胜过无数。

垚鑫在小学阶段踢过几年足球，除了问问我比赛的人员名字外，基本能够和我一样认真地关注比赛。

午亲的不耐烦在比赛的第66分钟，被我激动的呐喊吓了一跳。他还不能够明白此时获得点球对中国女足意味着什么，甚至什么是点球他也还不知道。1∶2的比分，并没有对两个孩子产生什么影响，我庆祝的喊叫也一度让午亲诧异。

但5分钟后，张琳艳头球扳平比分，我的预言一半成真，即使是午亲也明白了2∶2的意义，如同午亲在赛后写的观后感《中国女足创造奇迹》里那样："张琳艳好样的，虽然她个子不高，但此时就像个巨人。"

是啊，这是中国足球的巨人。

张琳艳，你是好样的。

此时，我们三个人的庆祝，终于有点一致的感觉了，我从沙发上跳了起来，午亲和垚鑫虽然没有跳下来，但和我一样，激动着呐喊着，再多的语言也不如一句"牛呀"来得更炽烈，更颤抖。

此时的比赛就像一部引人入胜的大电影，带着我们三个人完全奔向了深处，想要观看《斗罗大陆》的想法瞬间从孩子们的脑海里流走，中国女足自导自演的大电影还在不断刷新着我们的眼球。眼看比赛快结束时，韩国队差点绝杀，让我明白这电影后面还有意想不到的彩蛋。

果不其然，中国女足在比赛的最后时刻，经过多人传递，最终由20号肖裕仪绝杀对手。

这次，没有预演，也没有彩排，我们三个人同时跳下地，用同样的姿势，同样的动作，庆祝奇迹的诞生。此时也不管邻居，还是楼上楼下，也许他们也和我们一样，此时也不管生活还是工作，忘乎所以才是最大的快乐。不约而同的疯狂就是我们内心最真挚的情感流露。无须我做太多的讲解，也不用我解释进球的不易，这就是最好的教育。就像午亲在《中国女足创造奇迹》里结尾写的那样："我们要学习中国女足团结一致、永不放弃的拼搏精神。我更要在以后的学习生活中，时时以中国女足为榜样，不断地激励自己，积极向上，奋发图强。"

我们的疯狂并没有把躲在卧室刷手机的爱人叫出来，同样是中国女人，有时候就是这样独立。

中国女足迅速从奥运会失利的低谷中站了起来，时隔16年，再次捧起亚洲杯。

中国女足太不容易了，中国女足太了不起了。

中国女足刷了全世界的屏，霸了每个中国人心里的屏。

中国女足的伟大表现让我的年过得有了激情，而中国男足却是难过到举步维艰。

中国女足是伟大的，这伟大除了与自己的辛苦努力密切相关以外，关键是和中国男足的不堪形成了鲜明对比。

老话说："人比人，得死。货比货，得扔。"中国男足这次面临的问题不是生死的问题，好似早就死了一样，沦落到了要扔的局面。网友调侃以后要是说起中国足球来，那就是在说中国女足、中国沙滩足球、中国盲人足球。

当晚睡觉前，爱人终于忍不住问我："中国男足为什么就不行？"

我继续刷手机，懒得回应。不过，与其说是我懒得回答，不如说是我不知道该如何回答。

爱人扭过头继续追问："你也是踢足球的男人嘛，解释一下为什么呗？"

这话明显带着中国女足亚洲杯夺冠的骄傲，同时还夹杂着对中国男足止步世预赛的不屑，就好像平常总唠叨我的那样："一个男人怎么怎么样""你还是不是个男人"以及"臭男人"。

平时说起足球来侃侃而谈的我，此时也语塞言拙，不知道该说什么或者说不知道从哪里说起。

没做过女人，不好评判。光说足球，我还能像个导师一样辅导个菜鸟，但要是上升到男女性别的角度看问题，我们很可能角色瞬间互换，本来一两句的睡前交流马上就会变成一次复杂多变的研究生面试，而换成学生的我，没有想好就答，很容易因为面试成绩的不合格而影响本来并不优秀的初试成绩。

我没有领过足球队的一分钱工资，每年还要交纳成百上千的队费，每一场业余比赛，我都会拼尽全力。尽管已是 40 岁的高龄，我依然无怨无悔，从容面对。

时间不早了，闭目入睡总会有所冥想，有所希望，那就希望中国男足可以像我一样每场比赛都拼尽全力，也希望中国男足能够像午亲写的那样："时时以中国女足为榜样，不断地激励自己，积极向上，奋发图强。"

第十七章

吃或不吃正是心境　踢或不踢所谓情怀

2022 年 2 月 20 日，星期日，11：00。

聚华体育场，山晋谢周六 6：1 亨利。

无聊透顶的"年"终于过去，似乎每个人都懒了许多，胖了许多，无论是上进或是减肥，我们在 2021 年全部努力的成果被仅仅几天的春节轻松击溃。

我一晚上的沉睡，也没有获得半点可怜，礼拜天早上的阳光丝毫不顾情面，从昨晚没有拉紧的窗帘缝中，毫无保留地射进来。我眯开眼，看看表，离上午 11 点的比赛还有 2 个多小时，我纠结去还是不去，于是就在家里磨磨唧唧，刷刷手机，消耗着中年人宝贵的周末时间。

犹豫再三，我最后还是卡着点去了球场，虽然比赛还没有开始，但是按照最近球队先来后到的出场安排，我只能替补下半场再踢了。

我向来有时间观念，这和大学时期接受过军事化训练有关，但是近期心中有事，感觉身上的担子越来越重，不仅挤压着双腿，也侵占着思想。我也一直在努力调整自己，可因为修行不足，内心仍然郁闷，影响了我最近的工作、生活和踢球。

其实，选择困难的时候，据说有个原则，那就是想着吃还是不吃的时候，选择不吃；想着买还是不买的时候，选择不买；想着说还是不说的时候，选择不说；想着给还是不给的时候，选择给；想着去还是不去的时候，选择去。

这个原则够狠，我从这里提取出的意思就是，别人以后叫我吃饭的时候，我就不去，叫我踢球的时候，我就一定要去。

今天的对手是"亨利足球队"（以下简称亨利），这个起源自一家台球俱乐部的足球队在太原市的业余足球圈享誉20多年，球员平均年龄45岁以上，球队中好多面孔熟悉到不能再熟。

在我有记忆的比赛里，我不管在哪个球队，都没有输给过"亨利"，今天的结果也是自然注定的。但是这帮"老炮们"就如同"不烦足球队"的球员一样，每周仍然坚持出现在绿茵场上。

其实，这就足够了。要知道，他们在比赛第17分钟，打进一粒世界波，并始终保持着对"山晋"的反击。

这个进球就像我白大褂上不小心被戳上的一点笔墨，虽然细小，但逐渐呈同心圆散开，即使再微小，也足以影响你的心情，无论如何解释这不小心，总想立马换上一件。

这就像2002年的世预赛，中国队虽然以10：1的比分大胜马来西亚，但赛后球迷仍然因为马来西亚的这一个进球，表达着对国家队的强烈不满，以及直呼"米卢是个骗子"。那场比赛之后，铺天盖地的批评让国家队的每一个队员难堪至极，这与其说是个进球，不如说是个侮辱，这样的"侮辱"丝毫不亚于2013年中国队以1：5的比分输给泰国队的"615惨案"，以及今年以1：3的比分输给越南队的世预赛。

可如今看来，这就像个笑话。

比赛没什么悬念，"山晋"凭借"大个"、李杰在上半场比赛前15

分钟的进球以及胡钰队长在后 25 分钟的梅开二度，以 4：1 的比分进入下半场。

"亨利"打进一个进球，早已心满意足，在场上更加游刃有余地展现着这支老牌球队的韧劲。"山晋"虽被"羞辱"，但并不羞耻，毕竟对于锁定冬季联赛第二档冠军争夺的球队来说，这还真不算什么。

这虽然不算什么大事，但只要上场就必须认真对待比赛应是球员的基本共识，吊儿郎当的在哪都不行。

宝玉大范围轮换，确保到场的每个人都能享受到这场足球比赛。下半场"亨利"的表现仍然值得我们学习，比赛一度僵持了半个小时，直到第 84 分钟，我第三次开出角球，海鹏轻松左脚端进，"山晋"才在下半场打进第一个球，5：1。

3 分钟后，球队青年才俊张清再进一球，6：1 锁定比赛胜局。至此，漫长的冬季联赛第一阶段 8 场比赛全部结束，球队排名第 2，将在下周与"龙城 ACE 足球队"进行第二阶段（淘汰阶段）的半决赛。

对我来讲，我今天的表现中规中矩，虽有助攻，但也曾连续失误 3 次。不过，动起来的感觉还是那样惬意，因此得感谢这次出场，让我见了很多人，跑了很多路，钦佩了对手，修炼了自己。即使错过了午餐，也不会饥肠辘辘；即使只踢了 45 分钟，也不会怨天尤人；即使情怀有了病，也知道未来无恙。

第十八章

烧脑游戏引领生活　掼蛋思想指导工作

一次茶余饭后，朋友提议玩会儿扑克，大家一起"掼掼蛋"，所谓"吃饭不掼蛋，等于没吃饭"。这很有吸引力，我没有玩过，甚至是第一次听说。

朋友释疑道，只要你会"双升"①"斗地主"，就能"掼蛋"②。

我倒是会"双升"，也能"斗地主"，但水平实在不敢恭维，一般也就只能在爱人儿子面前吹吹牛，耍耍威风。同样，我也打不了麻将，始终不得其中要领。

我一直觉得这和我的智商有关，虽然我情商也不高。

不过，我一定是个好的玩伴，朋友们有时也乐意叫我，毕竟水平不高能凑热闹，总是输钱还不叨叨。也许是觉得欺负我这么个笨蛋，没什么意思，也或许是我受不了他们的"吞云吐雾"，更可能是因为我也开始老了，注意了养生，慢慢地，我好像被他们淘汰出圈了。

---

① 双升，即双升游戏，又称拖拉机升级和双倍升级，是升级（一副牌）游戏的衍生版本，在全国范围非常流行。双升因增加了"反主"的游戏规则，从而使游戏结果变化莫测，也让游戏本身更具魅力。

② 掼蛋起源于江苏淮安市淮安区，故又称"淮安掼蛋""淮安跑得快"，是一种在淮安以及周边地区广为流传的扑克游戏，江苏地区非常流行，安徽、浙江地区也比较流行。2017 年 4 月 15 日，国家体育总局棋牌运动管理中心正式对外发布《淮安掼蛋竞赛规则》，它统一和规范了掼蛋的竞赛规则，有利于项目的推广和赛事组织工作。

我变得不串门、不聊天、不抽烟、不喝酒、不吃烧烤、不唱歌，也不去泡吧。我变成了一个不食人间烟火、清心寡欲又自视清高的男人。

"一等人爱党卫国，两件事读书写作"① 成了我目前的箴言，我把这句话写在办公室墙上的白板上，每天为此沾沾自喜，怡然自得。

在那一晚上的时间里，我边打边练，虽然最后输掉比赛，但"掼蛋"特有的魅力还是吸引了我，一晚上紧张又刺激的烧脑游戏让我再一次怀疑起我的智商。牌局上，我稍微慢点出牌或者打错牌，就很容易被大家"嫌弃"。

我是顶着巨大的压力娱乐的，这也是我第一次"掼蛋"。

"掼蛋"的叫法通俗，却不易懂。至于为什么叫掼蛋，我并不知道，于是在第三次"掼蛋"的时候，我带着好奇专门请教了那个来自江苏的对手。大概意思这是当地方言的叫法，多半是因为这种扑克游戏"炸弹"很多，可以不停扔的缘故。

对手的讲述无从考证，我自然也不会继续发掘，享受它给大家带来的快乐才是闲时当下最好的慰藉。

就这样，我度过几天"惦记"的日子，朋友很快约了第二次"掼蛋"，这次的对手简直是高手，尽管我用尽全力，我的牌在他们面前仍然就像一副明牌，无处遮挡。还好有朋友做队友，搂着底，我们才不至于不堪一击。

牌局的最后，我们顽强抵抗，但最终还是输掉了比赛，我虽然有点给朋友拖了后腿的惭愧，却也有了些意犹未尽的惬意。

"掼蛋"好似有瘾，我总结了几条感悟，其中最核心、最关键的一条就是"善于变化"，这应该也是这个游戏最大、最突出的魅力，只有

① 出自明代万历首辅张居正"一等人忠臣孝子，两件事读书种田"，后又清朝纪晓岚大学士改为"一等人忠臣孝子，两件事读书耕田"。

根据对手和队友的情况，审时度势，不断变化，才能取得最后的胜利。

第一次"掼蛋"，我知道了规则。

第二次"掼蛋"，我懂得了道理。

我在第三次"掼蛋"中，试着贯彻落实，虽然成功了几次，但也因为一味地套用技巧进入新的不变当中，最终再次输掉比赛。

这个世界最大的不变就是"变化"，如果一直刻意地追求变数，最后也就成了"不变"。

我连续在"掼蛋"的最后阶段输掉牌局，就好像足球比赛中连续三次被绝杀，尴尬的同时也有点不甘。

技不如人那是实力，"掼蛋"中不断地思考所带来的快感一点也不亚于我每周的足球比赛，本周因为疫情作怪，半决赛没法继续，是"掼蛋"给了我更多的力量。

我突发奇想，"掼蛋"中变化的思想应该也指导了水庆霞教练，所以才有中国女足后发制人逆转夺冠的惊艳。

我也发现，"掼蛋"所体现出来的思想竟然和足球所展现的意义极其一样。比如我悟出来"掼蛋"的第二个思想——"勇于碰硬"，这就像每一次面对比"山晋"强大的足球队的时候，我们都能毫不畏惧，敢于对抗，即使对方身经百战，技艺多端，我们也能从容应对。

世界是普遍联系的，不管是一局扑克游戏，还是一场足球比赛，抑或是我们每日的工作，无论什么，都不会孤立的存在，不信再看看以下的"掼蛋"思想：

"知己知彼""团结合作""永无王者"……

第十九章

封校彰显人间自由　堵车才知世事百态

垚鑫晚上来电话的时候说，他做成了一件我们家族这辈子都完成不了的事情。

听到"家族"两个字的时候我差点笑出来，我虽然不知道他在封闭的学校里能够上演怎样的传奇，但当我知道这件了不起的、伟大的事情就是他能摸到学校的篮球筐了，我还是很兴奋，这让我瞬间回忆起了我的大学生涯。

我说我在大一的时候原地起跳就可以摸到，这让垚鑫感到沮丧。

知道说错话的我，马上补充道："你真的是青出于蓝而胜于蓝，爸爸大一才能完成的事情你初三就完成了，你超过了爸爸，你是最优秀的。"

不过，话说回来，垚鑫已经长高了个子，无可厚非地成了"家族"里最高的人，同样完成了一件"我们家族"这辈子都完成不了的事情。

我对垚鑫的要求太高，有时候不近人情，"刻薄寡恩"的同时也让孩子觉得自己不是我亲生的。如果再和别人对待孩子的样子相比较，我的表现难说合格。在这方面，爱人给的评价更是一塌糊涂，非要举例的话，可谓"罄竹难书""决海难尽"。

这段时间，疫情困扰，出于安全考虑，垚鑫寄宿的学校暂时封闭起来，垚鑫原来五天回来一次，现在得根据全省防控形势才能决定什么时候回来，这多少让人焦虑。

当第一个礼拜不能回家的时候，孩子们还能接受，甚至会在电话里安慰父母，俨然像个大人。当第二个礼拜不能回家的时候，孩子们就开始烦躁起来，好在有老师们的努力，孩子们还能勉强接受，坐稳书桌。但当明确知道第三个周末都不能回家的时候，孩子们躁动不安的心就各式各样了，垚鑫每次打电话来情绪很不稳定，全是抱怨，可以想象他的学习状况必定是不容乐观了。

一时半会儿见不到儿子，即使是我，也难敌想念。我和爱人对他的安慰五花八门，但估计无济于事。

儿子可怜，不能回家，但还可以和同学们一起学习、生活和娱乐。可 66 中的孩子们，全校隔离，单人单间，远离家庭，远离社会，更是可怜。他们是即将高考的孩子，他们从来都没有住过学校，甚至没有离开过家，他们应该也没有见过这样的阵仗，只能无可奈何，随风悸动。

孩子们毕竟还是孩子，和他们讲政治谈民生，不如立刻放假，马上离校。还好，在封闭 21 天后，因为疫情管控得成功，学校终于也解封了。

班主任把孩子们一个个交给早已在大门外面望眼欲穿的家长，走出校门那一刻，孩子们如飞鸟出笼，再也没有比此刻更幸福的事情了，"重获自由"的低声宣泄充斥着校园大门口上方的每一片天空，这正是应了匈牙利诗人裴多菲《自由与爱情》中的："生命诚可贵，爱情价更高，若为自由故，两者皆可抛。"

自由固然重要，但封闭的日子，肯定是孩子们人生中很重要的经历，虽不敢说波澜壮阔，但一定终生难忘。

我读大学的时候，赶上了"非典"（SARS），那段不能出校的日子是我记得最清楚的岁月，那个时候也成了我每次回忆的落脚处。

回家的时候，我们选择了环城高速，一路通畅，却在杨家峪高速口排起了长队，前面 20 多辆车应该只是暂时的拥堵，但无情的交管查验，让垚鑫再次经历了失去自由的痛苦，我们在不到 200 米的匝道上 "爬行" 了将近 7 个小时，错过了午饭，也错过了下午上班。

太阳即将西落，再次重获自由的垚鑫狼吞虎咽地享受着这不是晚餐的晚餐，原本计划在家里吃火锅的想法谁也不再提起，我回到家里，瞬间睡去，一身的疲惫让我忘记了刚刚遭遇的不堪，而那不堪正是人间万象，排队拥堵又拼命加塞，互不相让还各自说理……

挪行的车上有老人，有孩子，有孕妇，有赶飞机的，有赴约的，还有去看病的，可即使是需要紧急送医的救护车也只能长笛呼啸，啸声盘旋。

……

这是新的 "250 路飞马牌汽车"① 的遭遇，而其间发生的故事不是童话，也不是神话。

---

① 《飞马牌汽车》是 "童话大王" 郑渊洁的一部早期作品，讲述了一辆新出厂的 250 路飞马牌公交车，满载各种各样的人，刚上路就遇上了极其严重的堵车，而从司机到售票员再到交警都严格地 "遵守" 交通管理条例——公交车没有进站时，车上任何人员不得下车，以至于引发了一连串如吃饭、上厕所、结婚、抓捕逃犯等问题，而在人们解决这些问题中则发生了各种令人啼笑皆非、忍俊不禁的故事。

第二十章

一年四季足球成瘾　此时当下春风得意

天逐渐热了起来，我们仍没有收到半决赛恢复的通知。社会上各种球赛陆续开踢，冬歇的人们跃跃欲试，一点也不逊于汾河岸边的草堤杨柳。说来也是，山西的业余球员分两种，一种是一年四季，无论冬夏，每周都踢，另外一种是一入冬季，立马冬歇，如同冬眠的动物，静待春暖花开。

我是第一种，足球成瘾。如果哪一周没踢，我就有戒断症状①，有时候堪比女人的脾气。

40 岁的人了，咱不能使性子，东边不踢西边得踢。这不，上上周山西省人民医院春季足球联赛开幕，我就从 11 人制的足球场转战到 5 人制赛场，继续保持着"每周一踢"的好习惯。

其实，业余足球队"一人多队"的情况那是普遍现象，我见过"一人九队"的球员。大家以自己的生活时间为基准，根据不同的比赛信息，决定自己在哪块球场活动，成了每个业余球员周末最基本的日常操作。

---

① 戒断症状指停止使用药物或减少使用剂量或使用拮抗剂占据受体后所出现的特殊心理生理症状群。表现为兴奋、失眠、流泪、流涕、出汗、震颤、呕吐、腹泻，甚至虚脱、意识丧失等。一般有：戒毒、酒精、止咳水、止痛镇静安眠药等。

这不足为怪。

由于组织者侯晓来①的坚持和努力，这个单位内部的小比赛延续到今天已是第三届，按照无与伦比的分组原则，我被随机分配到了方片队。

是的，还有黑桃、红桃和梅花队。

"四色"队的球员们像是吃了春天的药，个个豪情万丈，激情澎湃，这种情绪已经到了"无法无天"的地步。人们只是过了一个冬天，却好似回到了18岁的春天，我们再也不用四下借人，再也没有迟到早退，再也不会"无求所谓"，有的尽是这个年龄段儿②足球比赛里面不应该有的推搡、对脚、铲截、怒吼、争辩、质疑和冲动。这一点儿也不像是一群"老汉们"的游戏，比赛对抗的激烈程度能让你怀疑人生，"老汉们"认真起来可一点儿都不老，真是越老越硬。

与比赛激烈程度交相辉映的是比赛的精彩程度。4场比赛过后，总共打进28颗球，场均进球7个。"郝队"③的最快进球，吴苹④的超级远射，"二虎"⑤的梅开二度，"大嘴"⑥的帽子戏法，还有我的压哨捅射……

这一切的一切告诉我们，"返老还童"真的存在。我知道你们不信，但是那种对比赛的期待不正是儿时我们想要去踢球的渴望吗？

人活着最大的意义就是对未来有憧憬，正因为未来未到，未来未知，我们的每一天才会真的有意义。

---

① 侯晓来，48岁，麻醉科专家，山西省人民医院足球队的组织者。
② 本次比赛的参与者平均年龄45岁以上，以山西省人民医院职工为主，混编了一些山医大一院、山医大二院、省儿童医院及其他单位的朋友们。
③ 郝队：郝旭东，43岁，神经外科专家，山西省人民医院足球队的组织者。
④ 吴苹，48岁，口腔科专家，山西省人民医院足球队的组织者。
⑤ 二虎：张二虎，49岁，山西省人民医院足球队医生们的好朋友。
⑥ 大嘴：冯富强，38岁，山西医科大学第二医院神经外科专家。

　　人们总说踢足球能这，能那，能干啥，其实哪有那么复杂，踢球就是能带来快乐，不管是对青少年，还是对我们，这最基本、最动人心的意义早已足够，赋予太多的解释，太沉重，也太矫情。

　　今天，2022 年 3 月 14 日，又是周一，离周末踢球的日子还有五天……

第二十一章

隋变是史可以远观　随便成性不可亵玩

这些天，我除了等待比赛的继续，就在不断地读书。

我爱书，也爱读书，可是回顾过去医务科的 7 年，我竟然从来都没看过一本书，想想都是遗憾，人生有几个 7 年可以挥手而去，我再不把握当下的 7 年，7 年后同样会有今日的叹息。

樊登提倡一年要读 50 本书。我 2022 年的目标是 20 本。截至目前，我已经在工作之余先后阅读了亚历克斯·希勒《天蓝色的彼岸》、苏童的《我的帝王生涯》、陈行甲的《在峡江的转弯处》、曹德旺的《心若菩提》、尹烨的《生命密码》……当然也包括刚刚读完的蒙曼将百家讲坛演讲实录化后的《大隋兴衰四十年》。

毛姆①说阅读几乎可以避免生命中所有的灾难，可惜隋炀帝没能听到这样的建议，当然，即使听到了也一定不会采纳，他固执地用"行千里路"来展现自己的伟大，不顺势而为也罢，却随便成性，终将一个自己一手打造的伟大帝国亲手拆毁。

史海钩沉，我如穿越至隋，身临其境，不禁唏嘘不已。

当我合上书，再看封底的时候，突然想起了 13 年前我和"隋"结

---

① 威廉·萨默塞特·毛姆，1874—1965 年，英国小说家、剧作家。代表作有《人生的枷锁》《月亮和六便士》等。

下的"缘",因为没有"份",只留下了那篇所谓的《序》:

最近《明朝那些事儿》火得要命,其实现在还火,这是我认为的。我整天窝在校园,外面发生什么,有什么新闻,还真是知之较后。

一年前有机会外出,我去山西大学听俞敏洪讲鼓励的话,就英语来说,我没有得到什么收获,但老俞让多看书我倒是记下了,尤其是他提到的这本书——《明朝那些事儿》,后面还说了很多书,我都忘记了,可见这书名字起得有多好。一年后,这书都快火得收场了,包括模仿当年明月的书,什么《原来这才是春秋》《汉朝那人》《如果这是宋史》等也跟着半火了起来,我才开始拜读,哪知一发不可收拾,一口气读到完。其实没有完,是因为当年明月还没写完。原以为省略了众多等待的迫切,但哪知还要怀着更加迫切的心情去等待,因为第六本写的内容更是让人无法释手。

我这个人向来是滞后的,好像永远都触不到时代的最前沿,等别人都火过劲了,我才旧事重提,连称经典,怎奈落个不知趣味。1998年家乡流行滑旱冰,我嗤之以鼻,等整个城市的人疯了一样,都在旱冰场疯狂的时候,我才开始从脚起步练习站立。大学期间,一首《大学生自习室》人人传唱,半年后,我才从网上得知它的名气和作者,于是乎我也开始一句一段地练习,睡前还不忘和舍友对上两句,才会舒心而睡。对美剧《越狱》也是如此,别人都看得昏天黑地,我竟然不屑一顾,最终不免陷入经典,这不,到现在还苦等新剧上映。

总是差人一步,却不希望步步都差。

我开始扔下《明朝那些事儿》,忘记作者洒脱的叙史方式,想要用自己一贯的说话方式也写一段历史,当然,对一个在读的学生来说,说出这样的话简直会被笑掉满口白牙,可是《明朝那些事儿》前五本就狂销300万本，我心算一下，如果作者每本赚一块钱，就是300万人民币啊，因此，我也顾不上别人牙齿的有无，继续坚持自己的想法。

虽然我的历史知识实在少得可怜，但喜欢历史的兴趣却实在多得流油。我有时候会想，如果娶一个历史老师或学习历史的女子当老婆，可真是件"美不胜收"的好事，试想每当夜幕降临，茶余饭后，听着女子娓娓动听的历史之声，岂不恍如神仙美眷，美煞旁人。

言归正传，几千年的中国历史，到底写哪一段，是不用太多考虑的：

清代的历史被电视剧搞烂了，写了估计也没人看。

明朝的事我是不敢写了。

元朝的人名又长又难记，我头比书大，写不了。

两宋的历史有人跟风写了《如果这是宋史》，已经写到第二本了。

姜狼豺尽的《五代十国风云录》刚刚拜读完，我看完后记不住太多，一个乱字了得。当然，我不是说作者写得乱，而是这段历史本身太乱，乱得跟狂风四起时的漫天乌云，就像我无法一时半会儿分清那些忽明忽暗的云朵，我同样无法一时半会儿将清那段历史。

唐朝的历史真是太长太长，我根本无法驾驭。

隋室两代，历经38年，又南北一统，关键是时间够短，似乎下笔我还能控制，也似乎简单，之所以这么说是因为我对隋朝的那些事那些人也几乎一概不知，这样兴趣就随之而来，那我就写这个吧。

定了写什么，接下来我该给这本书也起个像样的名字吧。隋朝虽短，但终究也是历史，不如就叫《隋便也是史》吧，虽然名字不够像样，但绝对够衰，文字不够文雅但绝对够响亮，终归有一样就好。别人是先有文章，再邀请名人作序，我是先自己写序，然后开写正文。动笔之前，忽然发现《隋朝那些花花事儿》已经出版开卖，于是感叹，又慢人一步，那就干脆慢个一二三年吧……

是为序。

二〇〇九年三月

原来要搁置一二三年的事，我一放就是 13 年，而且很明显还会无限期地放下去，可见随便吹牛很容易被打脸。

今天来看，这确实是个笑话了，自己打了自己的脸，还一打十几年。

可生活中，这样随便的事情还少吗？

"想吃什么?"

"随便。"

"炒菜?"

"油腻。"

"火锅?"

"太辣了。"

"西餐呢?"

"嗯……"沉默不语。

"那吃点什么呢?"

"随便。"

"想喝什么?"

"随便。"

"可乐?"

"不健康。"

"橙汁?"

"有色素。"

"矿泉水?"

"没味儿。"

"那喝点什么呢?"

"随便。"

"想去哪里?"

"随便。"

"那就去那儿吧。"

"不去。"

"那儿呢?"

"不好。"

"那去哪呢?"

"随便。"

…………

能随便吗?

应该是可以的啊。

可真要吃起来随便了,脸就不好看了,喝起来随便了,脸就难看了,走起来随便了,那更是没脸看了。

有的时候,真希望饭店有一道菜,便利店有一种饮料……名字就叫随便,价格定到最贵,最好是越离谱越好,一次就让人们再也不能随便。

生活中似乎有太多的随便了,但实际上哪有那么多随便啊。其实,随便就是不随便,就是不要随便,越是随便就越要小心,越要谨慎。

或许一句"我一般不随便,可随便起来不是人"是这种现象的真实写照。

因此，只要不随便了，就怎么都好说。同理，按照球队目前的实力，对本周即将到来的半决赛，只要不是很随便，闯进决赛那必定是板上钉钉毋庸置疑的事了。

隋炀帝随便是因为杨广有随便的资本，我们呢？

第二十二章

冬季联赛乍暖还寒　点球大战最难将息

2022 年 3 月 20 日，星期日，9：00。

聚华体育场，冬季联赛半决赛。

山晋谢周六 7（2）：（2）6 龙城 ACE。

期待蕴藏着美好，但等的时间长了，难免会波澜不惊。

当中断一个多月的球赛终于恢复的时候，大家竟没了刚暂停那会儿的迫切心情了，这有点像我当年历经挫折终于考研成功的感觉。

"成功来得太晚，欣喜失去了色彩"①，当经过太长的时间才如愿以偿的时候，高兴也就没有那么强烈了。

天气也没有让人喜悦，灰蒙蒙的早晨如同这些天太阳落山不久后的夜晚，倒春寒的凉风通过球袜上的每一个针织缝隙蹿遍全身，欲热还凉、乍暖还寒的天气还不允许我们放肆地脱衣减裤。

我用自己独特的热身办法调动着即将比赛的情绪。球队按时来的人并不多，"老板"宝玉也登场亮相了。

---

① 我的考研征程比较辛苦，历经几年周折，终于如愿，但 15 年前当得知自己被医科大学录取的那一刻，自己却并没有预想中那么开心，而是仅把它当作一个普通的消息，一听而过罢了。

今天的对手是"龙城 ACE"，大家并不熟悉，"龙城"都知道是太原，"ACE"呢？

双方过往并无交集，也无交手，今天这是第一回，又是半决赛，算是狭路相逢了。

比赛开始后，很明显对方进入状态更快，至少前 5 至 10 分钟的时间里，我们被牵着鼻子走，休赛一个月的懒散还在影响着球场上的每一个"山晋人"。

我虽然很快获得射门机会，但两脚射门均离谱到啼笑皆非。

还好，度过气喘吁吁的前十分钟后，大家开始找到了感觉，并逐渐掌控了比赛。

尽管如此，球队仍然无法打开局面，僵局一直持续着，宝玉忍无可忍，又或许是体力不支，果断进行了人员调整。

宝玉的调整总是立竿见影。甫一下场，替换宝玉的孙华便接张清左路传中，端射破门。

孙华的先拔头筹让球队以 1：0 的领先优势结束了上半场。

中场休息，我才发现球队陆续来了很多人，微信群里完成报名却没有遵守比赛时间的队友们悉数赶到。

"徉徉误误"[①] 的"路处"又是睡眼惺忪，一看就是昨晚酒局所致，大家开玩笑的话再次在下半场比赛中应验。我刚刚主罚角球助攻孙华梅开二度，一分钟后，对手毫无威胁的任意球远射就在"路处"的十指间上溜进球门。

这多少有些打击士气，但也为后来的点球大战带来了更大的刺激。

我今天共罚出 5 次角球，角球的质量算得上上乘，如果计算上一场

---

① "徉误"或"徉徉误误"，龙城当地方言，意指慢性子、做事磨磨蹭蹭、拖拖拉拉，不靠谱。

比赛的角球助攻，我连续两周完成角球助攻，很显然我似乎找到了罚角球的技巧，因为角球杆再也对我形不成干扰了。

这应该是我对球队进攻打法的一个贡献，算是丰富了一种进攻的手段。

罚角球的第二个好处是没人和我争抢，这不像任意球，总有人抢，尤其是"大个"，近的也抢，远的也抢。点球就更不必说了，抢的人和想抢的人更是多到排队。

今天好了，因为球队的"不思进取"，对手在比赛第76分钟同样利用角球，顽强地将比分拉回到同一起跑线。

落后两球，扳回两球，对手的表现值得尊敬。

我在比赛的第70分钟被换下场，当然这次并不是表现不佳的原因，正是因为表现还不错才在人员众多的情况下，踢了大半场比赛。

我离开球场早，没有看到结尾的精彩，但这帮家伙们可是把点球踢了个爽，打满5轮，竟然全部命中，真是了不起。训练的时候也没见他们有这样的准头。

按道理，这个时候的点球都是逼上梁山的安排，不会有人去抢，毕竟成为"罪人"也就是一刹那的事儿，但今天队友们却在重重压力下百发百中，带领球队豪气干云般地闯进了最后的决赛。

半决赛已经落幕，可点球大战就像拨动的琴弦，每根震动，总有声息，一波未息，一波又起，即使结束，也余音绕梁。这拨动的心弦来回震荡，这绕耳的余音扰动了心房，阳光已经冲破云层，涂抹在球场上的每一片草地，龙城最好的时节就要到来了……

第二十三章

我不熟悉中考冲刺　你可知道父爱如山

龙城太原的春天是从汾河边上开始的，又或是从晋阳湖公园开始的，当然也可能是从晋祠开始的……无论如何，太原最好的时节来了，从现在一直到十一月份，太原都是一个值得你喜爱和留恋的城市，如同亚运会时的广州、春节期间的三亚，或者是北欧傍晚时分的某个小镇，总之，你爱上它的时候，就像突然爱上一个姑娘。有一天，当你要离开时，通过飞机的舷窗、火车的玻璃，再一次注视她的时候，你才发现，她已经悄无声息地住进了你的心房。

当我沉醉在对它的爱，而忘了汾水涟漪，春风拂槛的时候，儿子打来的电话让我幡然清醒，再美的景色也要有人收纳，再美的前程也要精心准备。

儿子即将中考，数数日子，不过三个月。作为父亲，我能为他紧张的中考冲刺做些什么呢？

以我目前的能力，无论是数理化，还是语数英，我都不能给他更多的帮助，与其口头鼓励，不如再干点力所能及的表面功夫，于是我拿起笔，铺开信纸，决定每周给他写一封信，通过最传统的人类交流方式，让他知道，我们一直在他身边，为他加油，为他呐喊。

我再也不能一味地正面说教了，我必须好好想想从哪一个角度给他信心和力量？

既然是父子交流，也没必要那么正式，我边想边写，很快，四页纸写得满满，基本说清楚我想表达的东西后，及时收笔，并拍了照片发给儿子的班主任杨明老师，自认为写得不错的我，还不忘告诉杨老师，如果觉得可以，可全班阅之。

我把它提升了一个层面，谨以此文献给那些寄宿学习的孩子们。

写在中考前三个月

垚鑫：

见字如面。

如果时间回到 1996 年的现在，爸爸和你一样，即将准备最后三个月的中考复习冲刺。按照爸爸当时的学习状况，只要抓好这最关键的三个月，一定可以顺利考入当时原平市的重点中学——范亭中学。要知道，范亭中学当年享誉全省，历来就有"南康杰、北范亭"的美誉。

爸爸和你一样，初一的时候被爷爷送到离家 30 多公里外的苏龙口镇中学读书。那个时候，我每个月 28 元的伙食费，早餐一碗稀饭一个馒头，没有任何菜，是的，咸菜也没有，晚饭和早餐一样，午饭会有菜，但一年四季不变的就是土豆和白菜。初一那年，爸爸没记得吃过肉。直到初二的后半学年，伙食发生了改变，我们能够在每周三的中午吃上肉包子，在每周五的中午吃上一碗刀削面。

至于住的环境就更是糟糕了，三十几个男生挤在一个如你们现在套间一样大小的房间里，房子破旧不堪，土墙毛面，住在靠墙的同学每天晚上难免会吃上点土，而陪伴我们晚上入睡的是当地的土蝎子、黑蚊子和灰老鼠。因为人多房小，我们的床铺根本不能完全铺展开来，必须左右调整，折上两次，缩小到原来的三分之一才能相互容下，依次排好。

现在，每周六放假的时候应该是你们最开心的时刻，在那个时候，我们也是。再苦再累，想到能回家，见到爸爸妈妈，吃到美味"家"肴，睡在自己的小单间里，幸福的感觉油然而生，这正是我们当时每个月都在期盼的事情，是的，我们的住校是按月算的，每个月只放两天假，而这两天假还要包括因为交通落后耽误在大巴车上的六七个小时。

想起来当时的吃住行，爸爸现在已经感受不到苦了，更多的是回忆的满足感。因为在那个年代，还有令我们开心惬意的事情，那就是每天对获得知识的渴望，数理化、语数英、政治、生物、历史……这些对于刚刚离开家庭，初步探索人生的我们来说简直充满了魔力。爸爸就在那个时候阅读了人生第一部小说《平凡的世界》，因为是盗版书，里面错别字太多，又因为自己认识的字太少，只能依靠《新华字典》辅助完成。就这样，书读完了，《新华字典》也翻遍了，爸爸憧憬小说里爱情故事的同时，发现爸爸成了全班的"字典王"，几乎再也碰不到不认识的字了。

爸爸在初中的时候被爷爷送去寄宿和爸爸三年前送你去现代双语读书的目的应该是一样的，我们不是嫌弃你，不是不爱你，也不是因为工作原因照顾不了你，恰恰是因为爸爸妈妈太爱你了，也恰恰是因为爸爸知道这样的经历能给你带来什么。

这些我都不说，你慢慢去感悟，慢慢去体会，生活会告诉你一切，如果你还不以为然，有机会的时候你去问问爷爷。

回到27年前，正当爸爸撸起袖子准备好好复习冲刺中考的时候，一件意外的事情打断了爸爸的学习规划。爸爸生病了，为了治病，爸爸离开了学校，离开了同学们以及离开了对爸爸寄予厚望的老师们。又因为疾病迁延不愈，爸爸错失了中考前最关键、最重要、最核心的这三个月，没有这三个月的系统复习，没有同学们的陪伴，没有老师们的指导，爸爸中考失利了。

没能走进最好的中学，成了爸爸一生的遗憾。不能与最优秀的同学并肩奋斗，爸爸至今耿耿于怀。

生活没有如果，历史无法假设。"花有重开日，人无再少年"。爸爸现在是一名医生，也是一名医务管理工作者，在十几年的工作实践中，始终秉承治病救人的初心始念，从未收受患者的一分钱红包，从未忘记自己是一名共产党员。爸爸总是不断假设，如果当年没有生病，如果好好准备了中考前的复习，如果去了最好的高中，是不是今天的我能够为他们做到更多。

垚鑫，爸爸如你一样，爱玩，甚至贪玩。你知道的，爸爸差点把足球玩成了工作，爸爸还爱滑旱冰，这是得过市里三等奖的。爸爸弹琴、下棋、打乒乓球、打篮球、游泳……样样都能玩出点儿样子来，但爸爸最爱的还是读书。今年至此，爸爸已经读了近十本书，有《天蓝色的彼岸》《大隋兴衰四十年》《我的帝王生涯》《生命密码》《在峡江的转弯处》《心若菩提》《月亮与六便士》等，每本书都让爸爸爱不释手，每本书都让爸爸陷入思考。渐渐地，爸爸摆脱了手机的束缚，不再像以前那样依赖它了。

一等人爱党卫国，两件事读书写作。除了读书，爸爸现在尝试去写很多东西，争取在你读高中的时候能够看到爸爸写的书。

垚鑫，给你写的信如同中考那天的作文，爸爸是构思有序的、情感真挚的、卷面整洁的、一气呵成的。

如果你是评委老师，这样的答卷能及格吗？

爸爸

2022 年 3 月 23 日

杨老师收到信后，很快给了我回复，她表示感动，并在当天晚些的时候让垚鑫看过，同时让垚鑫在晚自习的时候给全班的同学读一遍。

垚鑫给我回过电话，声音已经哽咽低沉，告诉我，到时候怕自己绷不住。

看来，攻心为上的策略立马就见效了。孩子们啊，在家的时候不像个样子，可在外面了，却又像个懂事的成年人。不管怎么说，我有了一点得意扬扬的成就感，但更多的是一种莫名的感动，我的眼眶最终也没有绷住。我知道，此时，父子连心。

我在信里努力和儿子站到了一起。只有当我站到了和儿子一样位置的时候，才能想起我在他这个年龄时经历过的"吃、住、行、学"的事情。因为有一定的共同点，恰好可以形成对比，这样就能把中考冲刺的重要性潜移默化地告诉儿子，这比机械地说"你要努力，你要加油"更有效果。同时，我还写了读书的好处，包括如何识字以及如何摆脱手机的束缚，甚至还告诉了儿子一定的考试技巧，比如说如何在中考的作文里拿到高分。

这是其一。

其二，我还透露了一些我的价值观，包括不怕苦累，有爱心，不忘初心以及对美好生活的向往和应该怎样成为一名优秀的共产党员。

其三，我告诉儿子健康才是最重要的，如果没有健康，我们说的都是零。

总之，无论说了什么，我希望父子之间能够通过这样的交流把彼此的感情升华一下。

爱人总说我不爱孩子，怎么可能呢？

要知道，父爱如山。

第二十四章

师夷长技耐火雪耻　自乱阵脚山晋失冠

2022 年 3 月 27 日，星期日，11：00。

聚华体育场，冬季联赛决赛（第二档）。

山晋谢周六 0∶2 耐火青年。

如果时间回到半年前，如果把书翻回到第六章，我们可以看到，"山晋"曾在上半场 0∶3 落后的情况下，团结一致，奋勇拼搏，最终在下半场扳平比分，并通过点球大战战胜"耐火青年"，成功闯入决赛摘取了"龙城杯"（第二档）的桂冠。今天，两队在决赛中碰面，可谓仇家见面，分外眼红。

职业足球历史上不乏经典的不期而遇，不想遇见谁，偏偏就会遇见谁，短时间内遇了又遇，碰了又碰，就像是被施了魔法，硬是打到把对手变成老对手，老对手变成死敌。比如说 2010—2011 赛季的皇家马德里和巴塞罗那，双方在短短的一年时间里，分别在不同的 4 条战线上大战了 8 场。

业余足球似乎也中了这样的魔咒，去年，"山晋"逆转翻盘，此时，决赛相遇，我不相信"耐火"无动于衷。

如果我是"耐火"队长，必定广泛动员，敲定主力，制定战术，确定阵型，势要拿下"山晋"，一雪前耻。

"山晋"这边自从"大个"控制球队以来，宝玉逐渐像变了个人，平衡人员出场的心态已经占得优势，他对于冠军的渴望也似乎没有那么迫切了。宝玉唯一没有变的是，一到决赛，总会将一些平时不怎么出勤的球员召回阵中，并给予最大的信任。

其实，如果从为了获得冠军的角度出发，球队应该使用上一场比赛状态好的球员，延用球队一以贯之的打法和阵型，然后根据对手做出适当的调整，今天，面对实力相当又势在"报仇雪恨"的"耐火青年"，这样的安排很显然是最稳妥的思路。

生活不是一切，一切却都是生活。有些结局是早已注定的，有些结局却是瞬间决定的。"山晋"仍然保持着冬季联赛的最高出勤率，合影的球员没有30个，也有二十七八个。但布置战术的时候，球队却使用了先来后到原则，十点前到场的11人除了宝玉全部成了首发，又因为这些队员，"大个"布置了号称是安切洛蒂的"圣诞树"阵型，并且煞有其事地讲解了这套阵型的打法。

我不在球队的首发行列，因为我是10点12分到达场地的，距离比赛开始还有48分钟，这个时间对于业余球队比赛来说，可是早得不能再早了。

到这里，本场比赛的结局其实已经注定，尽管"大个"最后鼓舞道："大家努力，争取把冠军奖牌拿回来。"但我当时的潜意识里已经知道了本场比赛"山晋"的"凶多吉少"，只能默默地祈祷对手的不堪一击和幸运女神的无私眷顾了。

不用主力，自断股肱，此为一败；临时变阵，自乱阵脚，此为二败。有此二败，何须三败、四败……有此二败，只要对手正常发挥，即成数败。

"耐火"凭借上半场的两个进球，对"山晋"保持着领先优势。而

"山晋"却再也回不到半年前的"山晋"，如法炮制并不总是管用，我也相信"耐火"不会轻易在一条河里翻船，他们对到达陆地的渴望，远超"山晋"，也更加炽烈。

主裁的最后一次鸣哨就像早晨叫人起床的最后一次闹钟，别睡了，该起床了，该清醒了。

这在一生当中来说，当然不晚，我们还有很多时间和机会早起，可是对于永远回不来的今天，怎么说都是晚了，错过了就是错过了，失去了就是失去了。

冠军的旁落宣告着漫长冬季联赛的结束。有时候，总结经验教训是件容易的事情，困难的是让别人去总结经验教训。我们可以接受失败，也可以失意，但是"耐火"用"山晋"的长处捧杯确实令人伤感，而这种悲伤相当于在伤口上撒了两把盐，疼上添疼，痛上加痛。

我收拾"行囊"，其实哪有什么东西，匆匆驾车，想要快速离开，却还是瞟见金光闪闪的奖杯，听见"震耳欲聋"的颁奖声，而我，甚至是"山晋"，只能在痛楚无比后，继续怅然若失。

人这一生啊，会面临很多失败，失败以后也会面对很多抉择，我们总是叫人不要难过，不要气馁，以后还有机会，但其实我们也知道，这样的话只不过是哄哄他人，哄哄自己而已。因此，与其从失败中后悔和总结，不如在失败前就尽力做得好一些，毕竟《中庸》早就说过："凡事预则立，不预则废。言前定则不跲，事前定则不困，行前定则不疚，道前定则不穷。"

后　记

2022 年 4 月 3 日，是一个一切如初、本来如常的日子。

当爱人从菜市场挤出来的时候，犹如丧家之犬，但一种劫后余生的幸福马上洗礼全身，手上再重的土豆，袋子里再脆的鸡蛋，她都提着格外轻松，胜利大逃亡的喜悦预示着这已经足够。

新冠病毒肺炎疫情已经断断续续两年，但再次袭来龙城时，人们仍然充满了恐慌，这种恐慌似乎是刻在每个中国老百姓基因里的东西，总有一个点可以被随时唤起。

如果我没有记错的话，太原是刚从一波疫情散发中解放出来的。毋庸置疑，足球比赛得再次停下来，停下来的不只是这些，还有人民大众的生活，这个城市就像是即将进站的地铁，行走的越来越慢，越来越慢。

我原来以为我们是慢不下来的，可是我上到医院门诊二楼的时候，却发现以前到中午一点都走不了的大夫，竟然可以站在诊室门口互相说说话，以前坐在椅子上等病人看完病，现在站在门口等病人来看病。

他们望眼欲穿无数遍扶梯，可仍然见不到什么患者，偶尔上来的不是保洁人员，就是我们这些医务工作管理者。

看来，这个社会似乎也可以不用像以前那样熙熙攘攘，那么车水马龙，毕竟医院都慢得下来。

俄乌战争仍在继续,新冠疫情没完没了,就如我希望战争可以马上结束一样,我同样希望疫情能够马上消失。

我反对战争,讨厌疫情,但事实上,战争也好,疫情也罢,它们在人类面前有时一模一样,有时各种各样,有时大模大样,有时像模像样,甚至装模作样,但无论如何,最终都不怎么样。

战争对不起人类,人类却发动了战争。

疫情呢?

我在研究生期间,从事神经发育的研究工作,那个时候沉迷《生化危机》,一度觉得电影里的好多画面在未来的某一天肯定会出现,并为此忧心忡忡。

炮火能不能杀死病毒,我们不得而知,但肯定杀得死我们。我原来以为未来的战争就是足球,没想到足球在俄乌战争下只是个小丑。

我历来有大无畏的精神,不畏强权,抵制懦弱,无数次幻想自己就是一个英雄,也无数次想象过如何在关键时候挺身而出,即使是死。但现在,哪怕局面糟糕到极致,我们也要相信党和政府的能力,还有什么比人民更重要的,还有什么比党和政府更关心人民的。

不要人心惶惶,也没必要人心惶惶。

迎泽桥下的匝道口有个大的标语:江山就是人民,人民就是江山。中国共产党的根基在人民,血脉在人民,力量在人民。

说的是肺腑之言,讲的是人间正道,可这世上还有很多不完美,不如意的事情也总有发生,总会牵动人心,比如战争、疫情、舆论、生活、工作……

我们总能从中找到些什么,因为未来正来。

2022 年 4 月 18 日

第二篇

前　传

前传一

久违的霸气和硬气

2020 年 4 月 5 日，星期日。

聚华体育场，山晋谢周六 VS 友联。

新冠病毒肺炎疫情的防控就算不是已近尾声，起码也是尽在掌控，但足球比赛却仍然悄咪咪地进行。

首发的安排出乎意料，我被宝玉安排在左前卫，为了配合宝玉的"挥斥方遒"，我选择默默接受，这当然也是我在这个球队一贯的作风。

比赛开始一段时间，我都是装样子防守，只有李质彬在我周围上上下下，"前凸后翘"。这家伙着实能跑，而且硬气得很，一直稳坐球队左后卫的第一把交椅，竟无人可替。

我在李质彬的掩护下热身完毕，逐渐进入比赛状态。对手是老对手，球员是老球员，踢法也是老踢法。我在一次拿球变向中，被对方伤害，骂了一句"有病"的话，开始了我的绝世表演。

此时球队 1∶0 领先，从临汾远道而来的春鹤接门将大脚，胸部停球，在对方逼抢之前，将球端至左侧，我快人一步，胸部迎球而上，甩掉追兵，就像鞭抽陀螺的刹那，将球顺势停向左前，对方右后卫和后腰，可谓哼哈二将，一左一右，伸腿来截，誓要将我一举拿下，就地正法。我在二将关门之前，捅出皮球，单刀而去，空留两位迎面相撞，尴尬滚地，而我，早已一骑绝尘，杀至禁区，见此情形，对方门将弃门而出，疯狂来扑。此时，中路新峰早已跟进，我外脚背传球，新峰轻松推射空门得手。

裁判一声长哨中，夹杂着对手的抱怨和队友们的叫好声，一起成为我精彩突破、长途奔袭最好的背景交响乐，而这，仅仅只是开始。

人要是状态好起来，说话带着哨，走路跟着风，跑起来更是自带马达，一路逍遥。春鹤中场组织，再次将皮球送至左路，我在中圈启动，领球即突，后方一概不知，前面一片开阔。我踩了油门，一路杀至门前，也不知道是对手回追无力，还是队友跟不上这一趟闪电，总之面对守门员老鹰捉小鸡的姿势，我冷静吊射，皮球划出优美的弧线，绕过门将头顶，坠击横梁，弹地而入。

掌声是对我这又一次长途奔袭的最好注解。我在兴奋中，撤回中场，使了牛劲儿建立起来的霸气和用了吃奶劲儿竖立起来的硬气开始像慢跑气的轮胎，渐渐扁了下来，我无力再战，宝玉将我换下。

进球的感觉绝对受用，就像合上一本刚刚读完的书，回味无穷，而又意犹未尽。其实，人到中年，踢球总缺点气，不是没了霸气，就是没了硬气，所以珍惜时间，对于我们这些即将不惑之年的老男孩们，或许才是最紧要的。

中场休息的时候，有人问宝玉咋不上场踢球，宝玉会心而笑，其实我明白，宝玉享受的是在场边运筹帷幄、指点江山的感觉，至于他本人上不上场，并不重要。其实，我们也都明白，宝玉还代表着一种态度，只要宝玉在，我们都应该好好踢每一脚球。相比宝玉，对于即将跨入不惑之年的我来讲，还能继续在球场上驰骋，斩将杀敌，快意恩仇才是我想要的。

不过，球场上，逞能可以，斗气怕是不行。我为了报上周那个 17
岁小孩"牛尾巴"突破我的"一过之仇"，今天也想着用同样的方法戏
耍他，可很明显，八字只写了一撇，便失败了，无奈之下，我只能付之
一笑。队友们估计也洞察到了我的内心，对此次失去球权，他们并无怪
罪，因为我的行为或许正好代表着大家都不再拥有的 17 岁。

《荀子·王制》有言："水火有气而无生，草木有生而无知，禽兽
有知而无义；人有气、有生、有知，亦且有义，故最为天下贵也。"疫
情后的我们好像突然长大了很多，三十而立的当下已经四十不惑，四十
不惑的今天早已达知天命，我想，我们每一个人给足球赋予了和人一样
的生命，让它有气、有生、有知，亦且有义，不正是我们一生的追求所
在吗？

前传二

疫情下的自我精彩

2020 年 4 月 12 日，星期日。

聚华体育场，山晋谢周六 6：1 恒谊。

新冠病毒肺炎疫情继续全球肆虐，在那些疏忽它的地方狂妄不羁，在那些重视它的地方清风拂面。不管怎样，每个国家在传染病疫情面前都难以独善其身，而它所带来的恐慌也绝不会一夜消逝。

这不，因为疫情的原因，我们的冬季联赛在全球"五大联赛"之前率先停摆，我首次领先梅西和 C 罗，提前进入无球可踢的尴尬境地。

好在我省疫情防控成效明显，连续 45 天已无本地新增疑似病例和确诊病例，133 名确诊病例全部治愈，所以，必须得感谢党和政府，使我们这些老男孩们不再无球可踢。虽然冬季联赛快要踢成夏季联赛，但正式比赛还是来了。

宝玉的首发安排还是没有我，自从冬季联赛以来，我已经逐渐失去了首发的位置，但以我现在"火锅"的状态，让我替补，说实话，我觉得不合适。

但是"我觉得"总归是"我觉得"，"教练觉得"才应该是真正的"我觉得"。尽管自己仍在努力，但毕竟岁岁催人老，不服高人有罪。

果不其然，开场不久，在我心中像一只蝴蝶的 33 号球员苏伟康①，左脚临空扫射，首开纪录，紧接着"大个"的神仙表演开始，海鹏②右路 45 度贝克汉姆式传中，"大个"伊布式端进。随后，前场铁三角"刘孙郝"连续复制进攻套路，刘晋星③中场组织直塞身后，孙华右路突进，送出门前横传，中路"大个"包抄射门，再下一城，三人一气呵成打出教科书般的配合，可称为"山晋模板"。

但传球只是传球，射门只是射门，配合也仅仅是配合。随后，"大个"连续空门不进，演绎另类"梅开二度"，成就史诗级球队笑话。"大个"的这两个进球有多困难，那两个空门射进就有多容易，"大个"的这两个进球有多精彩，那两个空门浪射就有多糟糕。

宝玉无奈，将"大个"换下。至于"大个"下场之前在 37 米外，C 罗式任意球轰门，便不值得炫耀，毕竟这支球队，能够排名至此（第一），定非浪得虚名，凡我队友，随便一脚，就有此球八分精彩。不过，话说回来，我得承认，想要如法炮制"大个"进球，至少我做不到，我能做到的就是珍惜接下来这十几分钟所发生的一切。

我的表演从换下"大个"后的一次滑倒开始，虽然我还没有迅速融入球队的攻防转换中，但暂时的尴尬过后就是我神级的即兴发挥。胡钰④凌空将球端至左路，我领球向前，内切变向，过掉对方左后卫，利用苏伟康吸引两名后卫，闪出中路，带球杀入，起脚即射，我的射门被对方中后卫干扰，但皮球仍然穿过门将，直向球门，在我转身准备庆祝

---

① 苏伟康：球队新晋，踢起球来像只翩翩起舞的蝴蝶。

② 海鹏：球队新晋主力，技术全面，能够胜任球队除门将以外的任何位置。

③ 刘晋星：球队新晋中场，绝对主力，传球隐蔽而富有想象力。

④ 胡钰：球队绝对主力，拼命三郎，基本功扎实，视野开阔，擅长大脚转移。我和胡钰的默契大概来自 8 年前，那个时候，我还是球队的主力前锋，能跑善射，彼此之间屡有配合佳作。

之时，皮球鬼使神差，撞柱而回，很显然，幸运女神吻过我全身，却也偷偷地亲了对方一口。

我无功而返，只能再次杀来。后腰张炯右路送出前塞，海鹏停球回做，张炯跟上，原地转过半圈，将球回至中路接应的刘晋星，晋星不愧是"山晋"的首席流量明星，前塞后接，左迎右挡，多次送出关键传球。本场比赛所有进球竟然都有他的汗马功劳，美中不足之处是缺少一粒属于自己的进球。

话说晋星见我插上，送球肋下，我领球再下，右脚轻拨，穿裆过掉补防后卫，在门将封堵之前，将球送入网窝，整个过程一气呵成，令人称道。正所谓过人是四两拨千斤，射门是探囊取物。

此球由后向前，从右及左，串串而行，后卫、后腰、前腰、右前卫、左前卫全部参与，连续传球五脚以上，逐渐汇成一曲妙美的旋律，余音绕场，久久不散。

短时间我有两次现象级的表现震撼全场，而由此带来频繁的左路进攻却令我瞬间丧失力量。草坪就像沙漠，每走一步都是艰难。我想我今天的表演已经结束，享受队友的掌声和称赞才是我所迫切的，正所谓："众鸟高飞尽，孤云独去闲。相看两不厌，只有敬亭山。"

下半场，对方更是无心恋战，胡钰锦上添花，新峰总有收获，"山晋"6：1血洗对手。

球队赢球，离不开后防线的稳固，防守是球队进攻的源泉。进球者出彩，不等于后防线的沉默，韩志强、李质彬、郑春鹤等人的不懈拼搏和"破坏"才是球队不断向前的关键所在。

阳光明媚，春暖花开。"山晋"用一场完美的大胜宣告王者归来。冠军的召唤声愈发急促，这不是新冠病毒猖狂的呼吸声，而是所有队友们渴望胜利的肺腑心声……

前传三

晶晶替补再演神奇　山晋绝尘一黑到底

2020 年 5 月 10 日，星期日。

聚华体育场，山晋谢周六 4∶1 欣鑫伟业。

张队[1]说我写的足球文章没有任何水平，百度一搜，大堆如此，仅是高中水平的样子，并无出彩之处。张队批评的正是要害，足球写作，只为记录上周球事，一想让足球有所升华，二为快乐能够延存。我文章之追求，尽力通顺可读，用最最普通的语言表达最最炽烈的用意，华丽辞藻、浓墨重彩，并非我意，也非我能。不过，还是感谢群内兄弟，次次均有恭维之心，玩笑也好，真心也罢，我总是受用，就不再多虑，笔耕继续。

这届比赛从"一不小心"开始，冬季联赛因为新冠病毒肺炎疫情一不小心成了夏季联赛[2]。"山晋"一不小心豪取 9 连胜，闯进半决赛，成了联赛中最黑的马。而我呢，也一不小心在众多青年才俊脚下成为替

---

[1]　张队：就是张炯，至少和我做了十年的球友，见证过我的足球第二春。
[2]　5 月份了，还在踢去年冬天的比赛。

补①，仅为球队打进 3 球。

是日的天气阳中带阴，阴中有阳。报名下午半决赛的球员达到 23 人，就算对方弃权，大家都能踢个内部赛。

冠军的召唤越来越近，每个人都想为球队夺冠贡献一点自己的力量，哪怕只是坐在场边静静地看着。考虑到我在球队的尴尬位置，又担心宝玉在用人方面有所顾虑，影响球队的夺冠进程，我是做好了不上场的准备，于是在赛前一小时，我还踢了两个小时的医大兄弟②内部赛，这样我便可以心无旁骛地为球队加油了。

等我晃到球场时，比赛还没有开始，首发的"大个"、孙华、苏伟康、海鹏、胡钰、刘晋星、李质彬、张炯、郑春鹤、韩志强③早已各自活动身体，最专业的守门员"州州"④ 正在接受他们的轮射。

比赛开始前，队友告诉我，对方实力强劲，个个有梁山好汉的武艺，人人有五虎上将的绝技，说是半个"至盛"⑤，毫不危言耸听。可是，我觉得，今天我们就是那个要晋级的球队，因为我在队友身边感受到了一种"气"的存在，这种气围绕着穿白色队服的每一个"山晋人"。

---

① 出勤情况如下：缺席 2 轮，替补 2 轮，首发踢了半场左右的 3 轮，踢了 70 分钟左右的有 2 轮。

② 医大兄弟：我的另外一支球队，球队以山西医科大学毕业的研究生为班底，是山西省学历最高的业余足球队，球员多半是活跃在太原市各大三甲医院的医生，他们的口号是：医行太原，足影相随。

③ 韩志强：即小韩，球队第二快的马，擅左脚，能突能射，能跑能跳，胜任前卫让对手操心，担当后卫令队友放心。

④ 州州：任允州，球队第一门将，大赛经验丰富，可能是山西业余足球界最好的守门员。

⑤ 至盛：太原业余足球最强队伍。

　　我和没有上场的队友吴超①、赵鹏②、菲菲③、振国④、李佳泽⑤、郝伟轩⑥坐在场边，注视着场上的一举一动。"大个"被对方强悍放倒，刘晋星圆月弯刀，首开纪录。晋星友谊赛懒得进球，关键的比赛才会拔刀亮剑，一击致命。这个进球的位置、这个进球的脚法以及这个进球的轨迹，都让我想起了2018年世界杯上德国对瑞典比赛中克罗斯的那脚经典任意球。

　　一场势均力敌的对抗，却太早放入一粒让天平不平的进球，这多少有点意外，但"州州"用伤一条腿的代价助攻"大个"的进球，却另类演绎了诺伊尔找前锋和德罗巴扛后卫的酣畅淋漓，这让我想起魔力鸟治下的国际米兰和切尔西夺欧冠那年的经典反击，进个球只需要两个人就够了。球队2：0领先，这意外有点多。可更大的意外是球队最令人放心的守门员"州州"大脚助攻时拉伤了腿，无奈之下，"大个"从前到后，由前锋改当门将，比赛也由此中断，这一切，似乎预示着老天给了对方在天平一侧增加砝码的机会。

---

① 吴超：球队元老，出勤越来越少，踢球可能已经是吴超的非必须了。
② 赵鹏：球队绝对元老，俯首甘为孺子牛，牺牲自己照亮别人，是共产党员，有觉悟，有高度。
③ 菲菲：球队元老，踢球态度端正，认真勤恳，进过世界波。
④ 闫振国：其实也是球队最能跑的后卫之一，现在牺牲自己，成为球队友谊赛第一门将，值得尊敬。
⑤ 李佳泽：球队年轻力量，进步空间巨大，本场比赛尾声曾战术换人出场迎敌。
⑥ 郝伟轩：球队年轻力量，保证出场时间，积累比赛经验，未来可期。

　　是的，一切还远未结束，球场的时针似乎慢了起来，球场"坎波斯"① 还远没有适应守门的节奏，对方很快便利用我方的失误，扳回一城。2∶1 的比分让宝玉惶惶，脸是故作镇定的，身是抖也不抖的，心是无可无不可的。宝玉把正在和队友推球练习的我叫了过来，要我下半场出场，我是没有自信的，拦不住宝玉"声无底气"的再三吩咐，我是欲迎还拒，欲拒还迎，半推半就，匆匆忙忙，抓紧时间急速热身，毕竟心再火热，腿和脚还得慢慢传导。我就像期待他们马上下庄的下家一样，决心孤注一掷，迎接压力。

　　下半场开始，对方换两个，"山晋"换我。其实，我并不知道宝玉让我上去干什么，我问宝玉我踢哪里，宝玉说前腰，我说好，然后就在大家一起喊了加油后，恬不知耻地几乎站在了这个场地的正中间。说老实话，这么重要的比赛，我站在胡钰和晋星两大后腰前面，多少还是有点害臊。就像看到这里的读者也一定会有一个发出鄙视的声音说，看这不要脸的。

　　管它呢，毕竟我上场了。我尽力奔跑，努力拼抢，兴奋得像一只刚刚跑到室外到处撒欢的小狗，我想吐吐口水，嗓子却像烧着了一样，什么也没有。不管怎样，我还是挨了几脚球，处理的也算中规中矩，紧绷的琴弦逐渐舒缓开来，我还能有机会欣赏一下后卫队友们的神奇表现。我看到小韩委屈成中后卫后表现的兢兢业业，春鹤拖着 50 斤大肚子的

---

　　① 豪尔赫·坎波斯，1966 年 10 月 15 日出生于阿卡普尔科，墨西哥足球运动员，场上司职门将，效力于墨西哥国家队。他活动范围大，常跑出禁区处理球。与奇拉维特、伊基塔并称三大疯子门将。因他在比赛中常爱穿一些色彩鲜艳的服装，故有"花蝴蝶"的美称。他在球员时代不仅是一名门将，而且是前锋球员。个子矮小的他曾在比赛时上半场穿上 1 号门将球衣，下半场换上 9 号球衣成为前锋。职业生涯里豪尔赫·坎波斯共取得了 40 个入球，还曾获得过联赛的最佳射手，在门将中相当突出。

英勇卡位，张队不知疲倦的回追以及质彬拼命三郎的小马达力量。

我想说，就是这种力量，这股气，让"山晋"能够昂首走到今天。这支球队每个位置总有能够传接球的人，虽说纸面实力谈不上一流，但爱拼能跑的风格就像护腿板一样和每个人的身体融为一体，再加上宝玉歪打正着的调教，一支业余足球的准强队就这么悄然诞生了。

比赛来到第 57 分钟，球队继续 2∶1 领先，此时，刘晋星被对方从身后侵犯，放倒在地，我方获得右侧边线任意球。胡钰轻推，晋星球后顿挫，右脚 45 度将皮球送入禁区，失传多年的"贝氏弧线"再现江湖，苏伟康前点越位起跳①，我在后点看准来球，迎头攻门，皮球弹地，飞向球门，对方门将眼疾手快，侧身飞扑，虽改变皮球方向，但仍折射入网，3∶1。

我并不擅长头球，上一次头球破门还要追溯到 2019 年 10 月底，如果再往上查询，竟不知道何年何月了。但我用 12 分钟的兴奋演绎了宝玉换人的神奇，也用 12 分钟的无我造就了半决赛的传奇。在半决赛这样的舞台上，领先一球并不会使人安心，但在比赛进行到三分之二的情况下，领先两球，主教练一定会在瞬间体验如释重负的感觉。

进球后的我，自信来袭，感觉再进两个球也是马上的事情。这种感觉从未有过，我竟然开始尝试在一次抢断后突破对手，单刀赴会。对手岂容我再猖狂，关门将我放倒，利用这次死球机会，宝玉再做调整，海鹏再次出场②，将我换下，结束了我 20 分钟的撒欢。我虽然有点遗憾，但手握一球，接受队友的喝彩，也算是一种荣耀。

宝玉自有宝玉的道理，主教练也一定有主教练的考虑。下场时，宝

---

① 此球有越位嫌疑，经抖音发布后，3 天迎来 4 万多人的观看，引起广泛讨论。

② 本届比赛规定，上半场换下的人员下半场仍然可以上场，但半场内换下就不可以再被换上场了。

玉早已喜不自禁，击掌的瞬间让我突然想起5年前第一次去宝玉公司的情景，我模糊地记得宝玉的办公桌上竟然放着一本《2015年中超观赛指南》，这年头，谁还看中超，五大联赛不好看吗？这让我诧异，原来我还鄙视宝玉只是个初级的伪球迷而已，今天看来，宝玉是那个对足球比我还要有情怀的人，而这一点，我们惺惺相惜。

随后，比赛进入白热化，对手多少有点心急，脚下自然会狠一些，孙华斗气，在我方罚任意球时，故意站在门将身前，不动声色，无论对手，还是队友，甚至是主裁判的提醒，孙华都无动于衷。远远望去，孙华在这幅画面中显得格格不入，或者也可以说是鹤立鸡群。

孙华的表现方式不仅拖延了比赛，也让对方哭笑不得。而这多少影响了对方的注意力，比赛第80分钟，继续守门的"大个"将门球罚至禁区，对方后卫冒顶，孙华见缝插针，摆脱纠缠，面对出击的门将，将皮球端过守门员头顶，再下一城，4:1，彻底杀死对方。

比赛的激烈程度可想而知，队长胡钰跑到抽筋。苏伟康美丽动人的女朋友很是善解人意，给大家买了几十根雪糕以示慰问和祝贺。我是吃到心田心自甜，早没了疲惫，没想到快40岁了，还能有机会捧起冠军奖杯，这样的剧本发生在我身上简直不可思议，看来站在巨人的肩膀上，成功确实更近一些。

再看看其他队友，每个人都在享受杀入决赛的喜悦，大部分队友要去聚餐庆祝，有的要去陪女朋友，有的要陪孩子，而我得回医院，顺便把我今天的表现告诉身边的人。

在路上，我告诉"大个"，现在的"山晋"有点像2004年夺欧冠的波尔图，不怕比我快的，不怕比我高的，也不怕比我帅的，更不怕比我技术好的。"山晋"怕的正是像"山晋"自己这样的球队，不知道这算不算天机早泄，只能下周决赛分解了。

前传四

海鹏神仙球　山晋喜夺冠

2020 年 05 月 17 日，星期日。

聚华体育场，山晋谢周六 2：0 淘金。

话说上周球队大胜"欣鑫伟业"，豪取 10 连胜，挺进决赛。今日决战，再对"淘金"①，谁会笑到最后，取决的因素太多。但一场疫情以来，截至目前太原市最高等级的天王山之战，让很多兄弟们心里着实没底，而我呢，由于上周打进关键球，本周自然信心十足，体能储备得就像 20 岁的小伙子，状态兴奋到如同 30 岁的老姑娘。

一切只待开始，足球场的微风吹起我刚刚熨展的白色战袍，泛出洗衣剂的馨香，这是柚子见到蜜桃的味道，顿时神清气爽，我便立下鸿鹄大志，要为自己续写传奇，要为球队再建功劳。

我早早来到球场，碰到了早早来看球的栗涛②，我问他，我们今天怎么样？得到的答复竟然是摇头中夹带着"不屑"，理由是太原市那些

---

① 球队曾在 2019 年 12 月 21 日，凭借守门员"州州"的一脚任意球，意外战胜"淘金"。

② 栗涛，太原足球联盟资深裁判员，曾获得 2014 赛季太原足球甲级联赛最佳守门员（金手套奖）。

会踢球的基本都在"淘金"这个队里了，我并未做太多的辩驳，斩钉截铁地告诉栗涛，今天的冠军一定属于我们，属于"山晋谢周六"。栗涛问我这么有把握，我说就是这么有信心，就是这么拽。而这并不是自负，也不是预言，这是发自肺腑油然而生的纯粹自信。栗涛并不甘心，掏出手机，录像为证①。

比赛开始后，对方一口气给了我们 15 分钟的强烈压迫，在这 15 分钟里，全队上下疲于应付，任意球、角球一下子打了七八个。我略显紧张，在单前锋的支点上，停好 3 球，其中传丢 1 球，做好 2 球，其余时间的奔跑我都不遗余力，充满力量。我现在迫切需要一个身后球，让我跑啊跑，追啊追，然后一气呵成地猛操作一番。可是对方实力太强了，我们打不出 3 脚以上的传递，唯一的向前只能是守门员"州州"的超级大脚。

见此情景，宝玉迅速做出调整，加急印制的 99 号球衣②火速到场，我被换下，无法炮制上周传奇。我虽然只有 15 分钟的决赛表演，但这 15 分钟让我找回了失去好久的自信，我一直都在教育青少年踢球要有自信，可是我自己，直到今天才终于找到。

一切都是最好的安排。整个上半场，我队仅获得 2 次攻门机会，全部来自 33 号苏伟康，尤其是半场结束时苏伟康连续内切后的一脚爆射中柱更是让宝玉喟然长叹。这样的决赛，这样的时刻，我们都知道谁先进球意味着什么。

---

① 栗涛在赛前对我进行了 10 分钟的采访，我对比赛的走向做了一个预测。为了印证我说的话，他用手机录像。

② 赛前 45 分钟，"大个"竟然找不到自己的 99 号球衣，宝玉早有球衣储备，服装城加急印制的球衣才换来"大个"在决赛里前锋牵制的作用，也因为这个事故才有了我 15 分钟的首发时间。我在赛前说过，一切都是最好的安排。虽然这是个事故，但终究会变成一个故事。

顶住对方三板斧的摧残后，带着苏伟康①中柱的强烈士气，球队开始了最后 45 分钟与对手的较量。上半场结束时的原班人马再次披挂上阵，对方已经没了比赛前 15 分钟表现出来的强硬霸气，"山晋"也开始策划起像样点的进攻，双方陷入胶着。

场上杀得不亦乐乎，场下说得眉飞色舞。此时，我方获得角球机会，上半场防守不遗余力，屡次第一点解围，并有阻挡对方必进球表现的郑春鹤②按捺不住寂寞，拖着一条本来就不怎样的伤腿，抱着至少五十斤起的大肚腩，晃晃悠悠地走到禁区，在这之前，这个 28 号从来就没有上去过。这次似有天命，刘晋星③罚出标准的教科书角球，站位极佳的春鹤同志，如神来伊布，看准来球，飞出一脚，踏向球门，皮球触碰对方防守队员后发生变向④，即使对方门将反应极速，飞身侧扑，毕竟鞭长莫及，只能目送皮球入网。

往上，我们说过，这样的重量级比赛，谁先进球，那多半意味着最后的冠军。当春鹤上去的时候，场下的队员们已经默默地感受到了一股杀气，大家对带刀后卫玩笑似的猜测变成了冥冥之中的现实，这就像历来的国际大赛，往往最先进球或者决定比赛的都是那些中后场的球员们。虽然场下的队友们并没有看清楚球的走向，但看到春鹤庆祝的时候，才突然发现春鹤的伤病和负重瞬间都没了，而替补的队友们也全都站了起来，没了提心吊胆，没了紧张和焦虑，变得异常兴奋。他们并不

---

① 苏伟康：司职左前卫，本场比赛率先掀起了球队进攻的号角，其女友随着场下队友们的加油声起舞，瞬间成为啦啦队里最亮丽的风景线。

② 郑春鹤：球队另外一个 MVP，无论是防守还是进攻，均表现得淋漓尽致，是球队获胜的最大功臣。

③ 刘晋星：仍然是这个球队最赏心悦目的中场核心。

④ 事后证实，这是一粒乌龙球。尽管如此，郑春鹤的功绩仍然不可磨灭，是春鹤的神来一脚为球队奠定了胜利的基础。

甘心在球队夺冠的道路上默默无闻，争着想要为球队做点额外的贡献，啦啦队员的本质暴露无遗，而主教练也不知道该如何为场上的队员们调整，只能敲鼓打锣带领大家齐喊春鹤，共鸣加油。而这或许就是场上11个汉子们不敢偷懒、继续拼命的动力源泉。

加油声声声入耳，好球声次次钻心。对方显然被这样的音乐打乱了节奏，左右了步伐，"四面楚歌"会击落士气，声声鼓励全部送给了"山晋"。大家的表现最终引起了第四官员的注意，第四官员觉得忍无可忍的时候，跑过来断然喝止，大家收敛了许多，但品头论足的声音并没有减少，就在评价海鹏似硬非软，说硬还软的风格时，海鹏右路不管不顾，一顿风火轮的操作后，斜刺入里。

没错，这是停留在我脑海里海鹏的骚操作，而事实上，当时双方战至正酣，胡钰大脚传至禁区，对方后卫头球解围，皮球落在球场右侧，海鹏后插跟上，迎球抽射，身体倾斜即倒，右腿后摆如膀，皮球气贯长虹，斜刺入里。海鹏抢圆了身体，射门的动作就像个风火轮，够帅，够妖娆。这让人想起2018俄罗斯世界杯八分之一决赛中，法国对阵阿根廷，2号帕尔瓦的凌空一射，此球在赛后被评为2018年俄罗斯世界杯最佳进球，而海鹏的这个28米外的神仙球也应该位列仙班头名。

2∶0的比分显然出乎了所有人的意料，但足球就是这样，从决赛看来，也或许该如此，当主裁判吹响终场哨声时，所有场下的队友们都冲了上去，拥抱为了冠军拼尽全力的男人们，也庆祝这一不小心获得的队史首冠。

宝玉赢得了队友们的抛空庆祝，海鹏获得了赛前发誓要拿的MVP，"山晋"获得了期待已久的冠军……一切的一切都那么如意，一切的一切就像是提前安排好的。不管怎么说，这个时候，让我们回看一下"山晋谢周六"的夺冠之路吧：

2019 年 11 月 24 日，3 : 1 南葛。

2019 年 11 月 30 日，5 : 1 联海同心。

2019 年 12 月 07 日，3 : 1 远光。

2019 年 12 月 14 日，7 : 2 天颐美佳。

2019 年 12 月 21 日，1 : 0 淘金。

2019 年 12 月 28 日，3 : 0 老战士。

2020 年 01 月 04 日，3 : 0 山西锐拓。

2020 年 04 月 12 日，6 : 1 恒谊。

2020 年 04 月 19 日，3 : 0 中信银行。

2020 年 05 月 10 日，4 : 1 欣鑫伟业。

2020 年 05 月 17 日，2 : 0 淘金。

11 场比赛，11 场胜利，40 粒进球，7 个失球。"山晋"用如此完美的数据实现了宝玉心中最初的梦想。毋庸置疑，今天最开心的人是宝玉，今天最应该喝醉的人也是宝玉。

几年来，宝玉带领着"山晋"经过一路坎坷，付出了太多太多，有时候，看到宝玉站在球场的主教练区域注视着场上的一举一动时，我都恍然感觉自己是在踢一场职业比赛，如果我不珍惜每一场球，我都觉得对不起身边的每一个队友。

"山晋"夺冠就像一些志同道合的人为太原草根足球写了一本书一样，每个人都无与伦比地在上面写下了自己的篇章，宝玉是主编，每个队员是著者，大家齐心协力，历经半载，终于为这本书画上了最后一个标点符号，今天是它出版的大喜日子，谁也不想错过，谁也迫不及待，因为大家用心、用力、用情，书写的并非童话，也不是神话，而是用一波 11 连胜的完美壮举记载了"山晋"一骑绝尘、一黑到底的传奇，"山晋"为了这个冠军梦想一直努力了 3 年，次次失败才换来今天的荣耀，这是不是创造了太原足球历史的记录已经不太重要，因为即使过去的"山晋"无尽辉煌，但过去终将是过去了，今天的冠军和记录也终将成为过去，珍惜现在不正是大家梦寐以求的吗？

对于我自己来讲，将近不惑的年龄，逐渐老废的身体，时隔5年，仍然能够拿到太原市分量最重的冠军，确实倍感珍惜，因为我清楚地知道，我的得到就是失去，我的失去可是永远失去啊……

第三篇

写给踢球的孩子们

有没有你孩子的精彩

（赛前）

网络名为"陆氏母婴"的作者把男孩成长的三个重要阶段划分为0~6岁，6~14岁和14岁至成年。不管我们是否愿意承认，我们的孩子都正处在这3个阶段中的其中一个阶段。

很遗憾，我已经把我孩子0~6岁的阶段错过了，但幸运的是我正在经历孩子的6~14岁这个阶段。如果你也和我一样，除了事业上需要打拼以外，还需要关注孩子的教育。作为男人，我忙于事业和应酬，常常忽视对孩子的关心和关注。

2014—2017年，我怀揣着简单的梦想，一腔热血，披荆斩棘，踏出一个"至此已非门外客，过来便是个中人"的草根足球传奇。我们所规范的太原业余足球秩序，我们所引领的竞赛服务体系等等这些，我都懒得再去复述它们。2017年我又将大部分精力投入到医院管理工作上，做了很多富有开创性的大事，得到很多，也失去很多，这些虚里吧唧的东西，分分钟钟都可以忘却。因为，如果你想到的很多事情，你都开天辟地地做成了，短暂的欢愉过后，那就是失去动力和激情的慌张，因为再也没有什么可以拨动到你神经上的东西了，但今天要说的内容除外。

我所得到的，有人羡慕，有人嫉妒，有人恨；而我失去的，除了金钱、岁月、青春，还有对孩子的教育和爱。

得到是最好的回报，失去是最好的分开，最好的分开也是分开。"虽然6~14岁的男孩依然依恋妈妈，但他的兴趣已经改变了，他更加专注于男性角色能够给予他的东西。6~14岁这短短几年是父亲影响儿子的最宝贵的时机，如果父亲缺位，那么男孩会转向寻找其他能够教导他的男性。很可惜在当今的学校里，男教师越来越少，很多男孩只能在年长一些的同伴中吸取力量，所以在学校中，会有男孩的小团体甚至帮派。没有年长、值得尊敬的男性的引导，这些同龄人的团体在混乱中探寻方向，会受到如暴力、过早地对性的认识、吸烟等不良行为的影响。父亲这时需要真正承担父亲的角色，深入儿子的生活，扶持他的成长，在人际关系、品格力量、家庭婚姻、价值导向等方面做儿子的模范，成为儿子和成年男性之间的桥梁。"

这个时候，最好的媒介就是体育。体育是最好的教育，而足球又是最好的体育。当今足球贵为世界第一运动，它能给孩子带来什么，无须赘述。习近平总书记在会见国际足联主席因凡蒂诺时指出："足球运动的真谛不仅在于竞技，更在于增强人民体质，培养人们爱国主义、集体主义、顽强拼搏的精神。"

自2014年，我创办太原足球联赛以来，今年已经是第5个赛季，影响力波及太原市、山西省乃至全国业余足球界。虽然2018年成人组的比赛已经开赛，但众所周知的山西足球人口断档问题，无法回避。联赛5年来，我们都老了5岁，但踢球的还是那些旧面孔，没有新人补足，没有年轻人进入，青就不会出于蓝，更别提胜于蓝。踢球孩子的断档还将持续5~10年，届时我们会更老，目前已知的踢球人口只会越来越少，成人赛事势必暂时性地走向衰落，失去往日所谓的精彩和辉煌，只剩下自娱自乐和无尽的怀念。

今年4月份，我作为省足协官员去大同监督山西省足球协会超级联赛——大同热力对阵长治大力水手的比赛，比赛虽然还是目前省内顶级水平的较量，但精彩程度已经大打折扣，因为谁也无法拖住时间的脚步，尤其是足球时间。鉴于此，我们在太原市足球协会的指导下，将自己5年时间精心打造的"社会足球赛事服务标准"应用到U11青少年的比赛当中，旨在为山西广大青少年提供最优质的竞赛服务平台。我们可以看到今年的比赛增设了赛前赛，还提供专业足球摄影、高清赛事录制、全国网络直播和激情现场解说。当然，球场仪式感的打造我们仍将不遗余力。

可喜的是，本届赛事不仅吸引太原本地著名青训机构参赛，还吸引到吕梁孝义、忻州原平和晋中榆次的队伍来参赛。难能可贵的是孝义还派出一支女足代表队参赛。

少年强则中国强，少年如同"早上八九点钟的太阳"，毛泽东主席都会羡慕。6~14岁是父亲为男孩子奠定男性基础的宝贵时期，再忙的爸爸也要挤出时间来，多关注你的宝贝，因为即使是很小的事情也会对孩子产生极大的影响。现在的孩子不缺钱，不缺吃，不缺穿，缺信仰，缺梦想，缺情怀，足球是自带信仰、梦想和情怀的东西，在那个雨露湿润的早晨、午后炎热的下午，又或是那个凉风惬意的晚上，带上你的孩子，和他一起踢上几脚足球，然后拍拍儿子的肩膀，聊聊他的表现，告诉他很棒，这些美好的记忆一定会滋养你的孩子，伴随和影响他一生的成长。

"研究发现，15岁以后的男孩因为意外、暴力、自杀等出现死亡的概率大约是女孩的三倍。但如果男孩子培养得当，他们可以成为非常棒的丈夫、父亲和工作伙伴，在生活中会展现出能干、会照顾人和稳重的美好一面。"不管我们是否愿意承认，这个社会对男性的要求都更苛刻一些，对于家中有男孩的父母来讲，他们想把孩子培养成才，需要付出更多的精力，而带着你的孩子去踢球不失为一条好路径。

　　来踢球吧，带着你的孩子，每周只需要一次，每次只需要 2 个小时。

　　奔跑吧，爸爸。

　　踢球吧，你的孩子，我的孩子……

爱在亮相

（第一轮）

一件事不是说了就会做成，当然也不是做了就会成功。你要是说了，而且做了，最后还做出了超出他人预期的效果，那么，你牛了，你都这么牛了，一定是成功了嘛。

比赛于 5 月 12 日上午在玉门河公园足球场正式打响，揭幕战由太原海东青对阵太原爱德。

比赛当天，最早到达赛场的除了晨练的人们，还有参赛小球员们的爸爸妈妈，看着自己的娃娃在自己眼皮子底下踢比赛，那份欣慰，热泪盈眶。儿子扭了脚还嚷嚷着要去，因为那里有他的队友，有他的教练，还有他的球队。这份激动就像我在大学时踢第一场校级比赛时那样，即使刚刚献血 400ML，也毫不退缩。

比赛营造了许多富有足球仪式感的氛围，这些他们还没有经历过。

山西省足协副秘书长范毓魁和太原市足协秘书长贾红稳先生作为嘉宾为揭幕战开球。

开幕当天恰逢"512"国际护士节，山西省儿童医院心肺复苏爱心传递小分队利用比赛间隙对现场的人员进行了一对一和点对点的急救知识普及。

比赛还因正值汶川地震十周年，由当值裁判组带领小球员们和现场的家长以及观众朋友们进行了默哀仪式。

赛场设置了 36 块广告位，天然地将家长们隔离在比赛场地外，这个 2 米的距离就像英超赛场的第一排，被家长们站得满满的。《山西晚报》特派记者张扬为了获取第一手资料，实实在在地坚守赛场一天。4 名白发苍苍的摄影家协会的老爷爷被孩子们朝气蓬勃的表现所征服，他们不顾满头银发，扛着各种"长枪短炮"，"奔跑"在赛场的各个有利位置，让比赛瞬间有了国际大赛的格调。

最终，3 场比赛结束，所有参赛球队全部亮相，山西孝义、太原爱德引领积分榜，山西孝义 4 号杨宇鑫（6 球）、太原爱德 10 号宋远诚（4 球）引领射手榜。

一天过得飞快，不经意就是黄昏。我坐在阳台，拿着秩序册，一边翻看小朋友们稚嫩的小脸蛋，一边望着窗外的灯火辉煌，不禁感慨万分。

短暂的除了烟花，还有比赛，意犹未尽才是恰到火候。亨利是否感叹过自己 20 岁的样子，我们不得而知，但我们一定感叹过青春的快跑和岁月的易老。现在的孩子们实在太幸福了，如果我们小时候有这样的足球场，这样的竞赛组织，这样的踢球感受，这样的足球氛围，我们又会经历一个什么样的人生呢？

人生不能假设，生活没有如果。小朋友们，输了不要气馁，赢球也别骄傲，一场比赛的胜负只关乎瞬时的情绪，但一场比赛的进步才可能是关乎一生的所在。重要的也许不是过程，也可能不是结果，如果你没有亮相，而是缺席，才是最遗憾的。

坚持是最值得骄傲的品质

（第二轮）

我记得中学语文课本里有篇课文叫《雨中登泰山》，描述了别样的登山惬意。我们今天的故事和雨相关，和山无关，这是一个关于一帮U11的娃娃们雨中踢足球的故事。

我个人比较喜欢下雨，喜欢绵绵细雨，也会爱上瓢泼大雨。朋友说那是因为我性格里有巴乔忧郁的影子，没错，滴滴答答的细雨总会触发我的灵感和引起我的感伤。业余球队的比赛也会因为雨水会出现很多非战斗减员的情况，在这样的天气里，和爱人躺在被窝里或坐在火锅前都要比奔跑在球场上惬意很多。

对我个人来说，周末的快乐主要源于踢球。雨水会赐予力量，奔跑能刺激心脏。我在上午自己参加的业余比赛中作出重要努力，在球队1：2落后的下半场登场，通过努力的奔跑，不仅策划扳平进球，更是在比赛第80分钟的时候，接队友角球助攻，爆射绝杀，帮助球队3：2逆转对手。

我接触足球太晚，没有接受过任何专业的教导，至今颠球不会超过20个，但对足球的热爱和坚持我能够拿到满分。我想很多人和我一样，在平凡的比赛中一直努力展现那个最好的自我，而能够在球场上找到快乐全是源于我们不断的坚持。如今到了我们这样的年纪，更懂得坚持的珍贵，坚持才是一个人最值得骄傲的品质，这是懂事后的我们想要追逐的东西，也是我们想要通过足球运动传达给孩子们的核心。所以我看到今天娃娃们的比赛没有因为雨水而中断，家长们仍然把自己的孩子准时带到赛场，教练们依然兢兢业业地冒雨指挥。广告板后面一把把五颜六色的雨伞并排在一起就像雨后的彩虹映射在每个小球员的心里。

第一轮比赛以大比分输球的"海东青"今天发挥神勇，只用 13 秒即完成进球，取得了有可能是本届比赛的最快进球。同样在第一轮比赛输球的"晋之虎"在本轮落后 3 球的艰难局面下顽强扳平。驱车两个小时赶来的"孝义足球队"再次为雨中的球场带来活力，一场势均力敌的较量改写了积分榜的顺序。

一场"皇马"VS"巴萨"（"孝义"VS"爱德"）的对决就发生在刚才，如果你没有看到这场酣畅淋漓的对决，那你一定听到了娃娃们独有的呐喊。同样远道而来的还有来自我的家乡，原平的"启航"小队员们，作为本届比赛平均年龄最小的球队，他们可是毫无畏惧，展现了一个传统足球小城初生牛犊的别样风采。要知道"启航"教练田建军曾因接受过黄健翔专访，登上过中央电视台五套《足球之夜》而风靡一时，如今靠着一个人的努力和坚持走到今天，实属不易。

再大的雨水也难掩人们的心情，无论激动开心，还是失落伤心，小球员们在球场上的那份坚持始终没有变化。他们也许还不知道落后多少还有希望，但只要是落后就会一直努力，直到比分牌发生变化或者改变一切。所以我想，这份坚持和感动，孩子们一定可以感受得到，也许他们无法表述或者没有表达，但一定在潜意识里永久记忆，一生珍藏。

努力改变自己

（第三轮）

昨日的欧冠决赛，在本泽马打入第一球的时候，贝尔还穿着蓝色的替补背心，但随后出场的"大圣"用两粒精彩的进球征服世界。尽管如此，贝尔表示自己还是为没能首发感到遗憾。

足球就是这样，能感受快乐，能承受惊喜，也要能接受失望，因为没有努力，这些终究缥缈。

第三轮比赛全部结束后，仍然有小朋友没能在正式比赛中出场，仍然有小朋友只能作为替补上场，他们成为看客的同时，自己抑或家长们很容易滋生嫉妒，甚至会有讽刺与不屑。这个时候，家长和主教练的及时调整显得至关重要，这当然也是足球教育最关键和最困难的环节。

我在2007年重新接触足球的时候，已经有2年多因为伤病没有踢过球，被好友冯富强拉到"省医足球队"踢球时才26岁。

在这支球队时，我的地位虽然好过"饮水机管理员"，但我也无法摆脱跑龙套的球员角色。毕竟2年不踢球，我已经没什么比赛经验和足球意识，基本功更是差到让人爆笑。正式比赛不会安排我出场，友谊赛会把我安排在最吃力不讨好的位置，甚至守门。说白了，我就是这个球队最无足轻重的人，而想要改变这一切的唯一办法就是努力以及不断地努力，而送礼、说点好听的话，或者抱怨没有任何意义。听着球队大哥和大佬们的谆谆教导，我不断总结经验和教训，不断实践，终于逐渐使自己成为球队重要的成员，我不再被随意换下，也不再被随意安排，实现了从替补到首发的转变。而这些过往的努力，也为我今天在足球上取得的成绩奠定了基础。

我从来都不是什么幸运儿，但却始终梦想成为幸运儿。我想，大多数人也都是和我一样的普通人。当年，切尔西夺取欧冠的时候，瓦尔迪还在英格兰第八级别联赛里面踢球，但随后的几年瓦尔迪不仅带领莱斯特城夺取英超桂冠，更是直线升入国家队，成就草根逆袭的传奇。

足球世界里没有永恒的状态。主力和替补从来都不是一成不变的，主力不努力，也会变替补，替补常努力，也能成主力。一定要记住，所有的付出终究有回报，所有的努力也一定有效果。我在15年前从事急诊急救工作时所做的努力，到今天仍然发挥着作用，仍然给我帮助。老天爷并不眼瞎，任何努力都不会白费，任何时候的努力也不会太晚。

我的儿子去年夏天开始学习踢球，不像其他练了三五年的孩子，他既不是球队主力，也没有娴熟的基本功，于是只能在本届比赛的赛前赛的短暂几分钟里表现自己。孩子胆小，没有太多拼搏奋斗的精神，但这却是我最在乎的地方，通过这届比赛，我需要让他认识到，别人给的东西有多么不靠谱，通过自己的努力改变一些东西到底有多重要。他首先需要能够在赛前赛里尽可能地表现自己，然后争取正赛的出场机会，如果最终没有机会，那就慢慢再来，总之不要停止努力。因为这就是足球的规律，这就是竞争，这就是人类世界通用的法则。

足球带给我们的，除了进攻和防守的精彩，还有很多面对挫败时的应对策略。如果因为没有得到出场时间，从而抱怨，从而气馁，从而不满，这都不是我们应该有的情绪。如果通过努力，仍然一时感受不到进步，那是积淀的时间还不够，并不是努力不够所致。

当然，我明白孩子们想要上场的渴望，也理解父母们看到孩子没有上场的失望。但这就是足球，如果我们没有得到想要的结果，那是否告诉我们仍然需要付出足够多的努力，毕竟这是一个团队，一个集体，无论是在场下或者场上，你都不能停下来。

无论如何，请记住，上天总是会"垂涎三尺"那些更加努力的孩子。

自信最迷人

（第四轮）

曾经有人和我说过，自信的男人最迷人。我一直在思考，让女人着迷的自信到底是什么？后来，等我处在三十而立四十不惑的年纪时，我开始理解，这种着迷其实是男人的人生阅历和经济收入叠加起来的自信所致。

自信是发自内心的自我肯定与相信，是对自身力量的确信，是一种深信自己能够做成某事，能实现最终目标的能力。自信无论在人际交往、事业、工作抑或踢球时都显得非常重要。

我在踢球的时候，如果充满自信上场，往往有上佳的表现，如果上场前因为对手强、对手年轻、对手球风不敢恭维等因素影响，我就会自信不足，表现不尽如人意。足球比赛中，因为一两次传接球或停球失误，因为对手数落或队友鄙视，我们很容易失去自信，而一旦失去自信，在处理球的方式上，便总是出现错误，从而形成恶性循环，影响本场比赛剩余时间的表现和随后的系列比赛。而有时候，如果通过一个好的停球、突破、射门或者一句鼓励建立起来的自信，反而会帮助我们惊艳全场，战胜强敌。

上周末，在"山晋谢周六"的比赛前，球队负责人宝玉一早就把队长袖标戴在我的身上，这让我不得不重新定位本场比赛的自己。宝玉给我的信任让我丢掉"南葛"很强的思想，开始放手一搏，而这种临场比赛建立起来的自信帮助我从中场策划两起扳平比分的进球。

众所周知，业余球员在比赛的攻防转换中，丢球是再寻常不过的事情，其实，丢掉球权并不可怕，可怕的是丢掉自信。早些时候，我看广州恒大踢球，特别纳闷为什么两三米的距离，大家也要把足球交给孔卡，要知道这在业余足球比赛中极少发生。后来我明白，除了要让球队的中场核心保持脚感和热度外，最重要的就是建立球队核心球员的拿球自信。试想一支球队的前腰失去自信，那么这支球队的进攻套路还有多少？

与自信相伴的是自负和自卑，盲目自信容易导致自负，自信不足往往陷入自卑。踢球如此，人生更是如此。年轻时我也曾自负，但更多的是自卑。我在上大学的时候，有两个自卑：一个是因为自己长得太丑，没勇气去追求漂亮姑娘的自卑；一个是因为经常踢球，总觉得自己是罗圈腿，害怕站在人前的自卑；现在想想真是好笑，但当时的自卑却成为我青春里萦绕不散的烦恼。

另外，自信对儿童的成长尤为重要。小时候，我的不自信还表现在害怕登台、害怕去商场买东西、害怕别人议论、害怕和女生说话……每每此时，我总是脸红、发热和紧张。后来父亲看出我的问题，刻意锻炼我，经常让我一个人走进当时市里最好的红旗商场买东西。后来，我也发现了自己的问题，便努力在众人前面锻炼和表现自己，来克服自卑情绪。但是刻意的努力总是不及内心饱满后油然而生的自信更可靠，因此我们要坚决杜绝走向自负和陷入自卑，对身心都还不健全的小球员们，合理的给予才是我们的最大职责。

小球员们在球场上的每一次精彩表现都需要喝彩，每一次失误都需要鼓励，因为保护他们的自信，也就是在保护我们的自信。一次停球太大，两次传接失误，三次射门无果……这些都不应该堆积成错误，更不应该丧失自信，要相信自己可以做好，能够做好。

自信来自胸有成竹，而自卑有可能源于胆小，当然也可能源于年纪很小。娃娃们的比赛已经打完四轮，我见证了小球员们的亮相，看到了他们的坚持和努力，但我更想见到他们脸上散发出来的自信。一场比赛在人生的岁月长河中太平常不过，无论是赢球还是输球，小球员们都不要害怕失误，不要害怕指责。作为教练也要刻意保护小球员们的心理，察觉他们内心的变化，保护、培养和逐步建立孩子们的自信，毕竟失去自信易如反掌，重建自信难上加难。

罗曼·罗兰说过，先相信自己，然后别人才会相信你。无论在足球场上，还是在人生的奋斗场上，自信都是成功的第一秘诀，迷人的不是我们漂亮的外壳，更不是自卑和自负驱使的身躯，而是自信下散发的光辉，这光辉照耀着大地，也照耀着我们的内心。

生活应该富有热情和充满激情

（第五轮）

在看演出的时候，我们会发现无论唱歌的人还是跳舞的人，个个神情专注，动作到位，极富热情和充满激情。

有时候，我们在生活中，也会遇到这样的人，他们在 KTV、饭桌上、家里唱歌的时候，也会像登台演出一样，"表情夸张到要死"，但要是换成我这样的人，难免觉得有点别扭。轮到自己时，往往羞于表现，忸怩做作，表情僵硬，影响发挥。

事实上，生活中，不只唱歌，在其他方面，我们也会遇到很多富有热情和激情的人。

我见过小学生在校门口带有感情地背诵课文，这一幕足以感染每个路过的学生和家长。

我也见过迎泽公园晨跑的大爷，每一个动作都在传递着青春的活力，这充满节奏的奔跑连接着公园散步的每一个人。

我还见过医院门口卖灌饼的阿姨，满脸发自内心的笑意，传递给每一个赶着上班的医务人员。

……

种种如此，每一个瞬间，每一份持久，都饱含热情，满是激情。一个人总是投入感情，专注于一件事，就一定会产生不一样的改变。不经意间，你会发现，带有感情背诵课文的孩子演讲口才不错，跑步的那个大爷幸福长寿，卖灌饼的阿姨生意火爆……

稻盛先生说，要想度过一个充实的人生，只有两种选择：一种是"从事自己喜欢的工作"，另一种是"让自己喜欢上所从事的工作"。我是幸福的，不仅从事着自己喜欢的工作，而且还喜欢上了所从事的工作，尤其是我对足球的热情和激情始终如一。我的小宇宙一直在燃烧，光芒万丈。

是啊，我们很容易被这样的人感动，因为我们就是一直在感动别人的人。积极的能量就像阳光，无论照在哪里，总会带去温暖，即使存在阴影，也带着温度。

经过五周的较量，娃娃们的比赛全部结束，除了孩子们的亮相、努力、坚持和自信感染着我外，孩子们富有热情和激情的表现也深深吸引着我。每个周末，欣赏孩子们的这种特质成为我工作和生活的能量源泉。我希望我的生活是富有热情的，我的工作是充满激情的。我不想在50岁的时候感慨，更不想在不远的未来唏嘘，我只想把握现在、不虚此生。

第四篇

足球语录

1998 年

我要是生个儿子不踢球，那就再生一个。

2000 年

足球可以没有我，但是我不能没有足球。

2009 年

每个人都有自己的语录，写下来就是书。

2012 年

当你为一个球队做出贡献的时候，你会很开心，有时是偷偷地，有时是肆无忌惮地……

2012 年 8 月 27 日

【背景】代表忻州对阵太原海通证券足球队（我当时在太原的球队），补时阶段，替补登场，单刀赴会，绝平对手。

2013 年

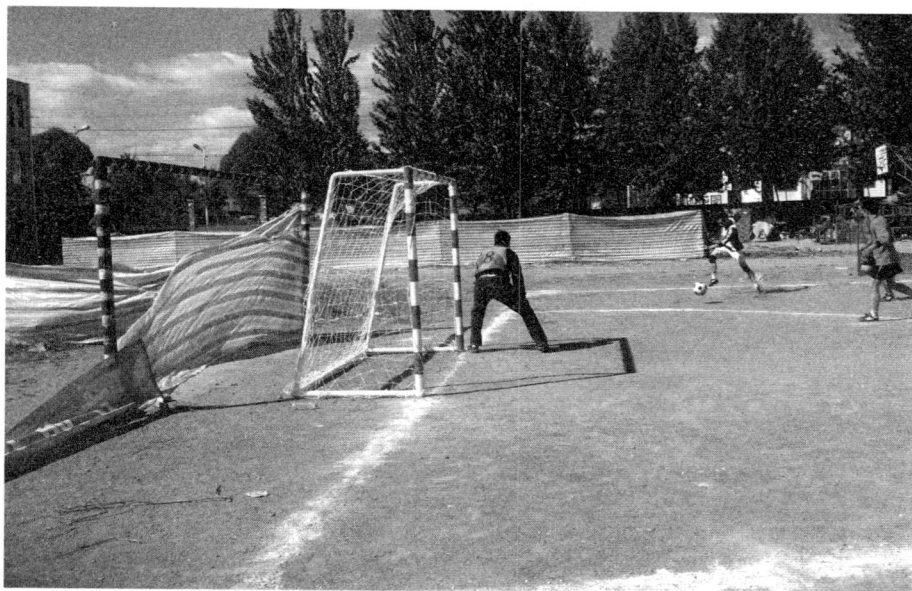

踢球就是踢球，不用谈什么其他。

2013 年 6 月 15 日

【背景】烦透了球场上人们对裁判的指指点点，对对手的叽叽歪歪，踢球就踢球，哪有那么多"旁门左道""鸡鸣狗盗"？

　　比赛就是这样，你不可能掌控 90 分钟，潮起自有潮落时，无论什么，概莫能外。

2013 年 12 月 9 日

　　【背景】我独自撑起中场，拼尽全力，带领原平市足球队在太原战胜农行足球队。

2014 年

回忆运动的青春，绝对是老了岁月的幸福。

2014 年 3 月 8 日

世界杯终究只是这个夏天的甜品，每周兄弟们在球场上的欢呼才是永恒的正餐。

2014 年 6 月 17 日

【背景】初创联盟的热情，每周比赛的激情，让每个在球场上挥洒汗水的球员不能自拔，就连激战正酣的世界杯也不再是必不可少的正餐了。

酒品见人品没有根据，球品见人品那是真理。

2014 年 10 月 23 日

足球用心，方能久远。

2014 年 11 月 6 日

【背景】首届太原足球联赛接近尾声，冠军之争愈发激烈，感慨习总书记在韩国首尔大学演讲时，引用"以利相交，利尽则散；以势相交，势去则倾；以权相交，权失则弃；以情相交，情逝人伤；惟以心相交，方成其久远。"的经典用语，我以此为标题，写就《足球用心，方能久远》一文号召广大足球爱好者用心爱足球。

2015 年

联盟就是想踢球的 365 天。

2015 年 1 月 8 日

【背景】太原足球联盟在业余足球圈火了之后，很多球队叫出和美国"大联盟"一样的称呼，"大联盟"一度成为当时热词。后来有记者问我联盟到底是什么的时候，说出此句，最符合当年的情境。

任何不尊重对手和裁判的言语和行为，均应得到、也必将受到严厉的谴责和处罚。

2015 年 2 月 5 日

【背景】在成功举办首届太原足球联赛的第二年，裁判业务水平成了制约太原足球联盟发展的关键问题，但即使如此，为了维护裁判权威，我将此句加入 2015 赛季太原足球联赛秩序册，以文字条款的形式对外发布，为 2015 赛季的太原足球联赛奠定了纪律基础。此后，为强调业余足球的赛事纪律，该句一直在太原足球联盟的历届比赛中沿用。2017 年 6 月，山西省足协竞赛工作会议上我在解读《山西省足协纪律准则》时，此句再次公开使用。

失误造成的后防空虚不能立刻弥补，传球永远快过盘带，也永远快于回防。

2015 年 3 月 8 日

【背景】医大兄弟足球队一周年之际，在点球大战上艰难战胜太原崇实足球队。

在求同存异的道路上，总有人掉队。

2015 年 3 月 15 日

我们虽不是冠军，但一定要战胜冠军。

2015 年 6 月 23 日

【背景】2015 年太原足球甲级联赛接近尾声，金特嘉、领航、瑞讯电梯三支球队均有夺冠可能，我为鼓励失去夺冠机会的其他球队，喊出这样的口号才是联赛精彩所需。

如果我错了，你们不要放过我，别管我是谁。其实，我不是谁，没钱，也没啥背景，我只是一名业余球员。

2015 年 7 月 6 日

【背景】2015 太原足球甲级联赛进行到第 10 轮，在医大兄弟对阵 AGF 兴宇帆的比赛中，我得到第二张黄牌，两黄变一红，被自己联盟的裁判员当场罚下。人生"首红"，也正好成为联盟建设初期最好的宣传材料。

足球带给我们的意犹未尽数不胜数，有雨中踢球的痛快，有雪天湿滑的快感，有最后绝杀的疯狂，有门柱横梁的遗憾，今天留给我们的却是点球决胜带来的永生难忘。这足球，我怎能舍下你独活，你是兄弟们繁忙工作的催化剂，你是兄弟们周末累并快乐的精神源泉，你是兄弟们能够在一起玩耍，告诉爱人孩子那个最好的理由。就是这个理由，我们停不下脚步……

2015 年 7 月 16 日

我一直觉得，让一个六七岁的孩子喜欢上围棋一定是个伟大的成就。

2015 年 8 月 7 日

【背景】检验一个足球培训机构的好坏不仅要看这个机构能否培养出好的球员，更应该关注的是这个机构是否保护了本来就喜欢踢球孩子们的天性。根据孩子们的天性，足球教练只要稍加引导，他们很容易爱上这项运动，在这点上足球教练要向围棋启蒙老师多学习。

成熟的规则到处都是，需要做的只是理解和遵守。

2015 年 9 月 10 日

【背景】联盟平台的壮大，离不开每一个践行《国际足联公平竞赛准则》的球员朋友们，请珍惜目前来之不易的竞技环境，请不要伤害那些为了足球披荆斩棘的人们，也不要嘲笑那些为了足球天真烂漫的成年人，更不要幸灾乐祸那些想好好踢球的我们……请相信我们的初衷，也请相信我们的内心，因为我们和你们一样，从来没有放弃那个从一开始就坚持的足球梦想。

我们没有理由拒绝任何强队，否则就是还不够开放。

2015 年 10 月 18 日

【背景】随着太原足球联盟影响力的日益扩大，山西业余足球的最强队"龙城至盛"希望参加 2015 年太原足球联盟杯赛，因其竞技水平明显超出其他参赛队，来自各方面的抵制声音不绝于耳，最终，"龙城至盛"未能参赛。在随后进行的 2015 太原足球联盟杯赛秩序册中，我以此句表达内心无奈，同时向广大球友表达这一理念。

2016 年

我忘了时间，是因为我在实现梦想的道路上不能拖沓。

2016 年 2 月 24 日

当我们享受过去的时候，一定是在浪费现在。

2016 年 3 月 27 日

我们可以输球，但仍要昂起我们的头颅。

2016 年 3 月 28 日

做一个遇到黄灯踩刹车的足球人。

2016 年 4 月 27 日

【背景】戴安娜·怀特在《波士顿环球报》说过一句话："世界上有两种人：一种人见到黄灯踩刹车，另一种人则见到黄灯就踩油门。"

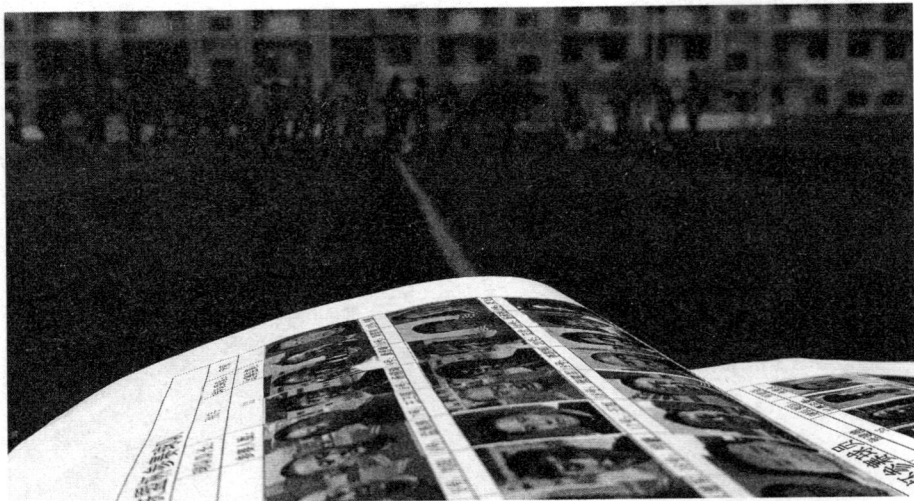

　　时光匆匆带走很多的人和事，但它带不走深藏于人们心底的爱与梦想。

2016 年 6 月 2 日

　　【背景】2016 年 6 月 1 日，山西晋超元老足球队出征全国友好城市中老年足球邀请赛的仪式在山西省体育场隆重举行，山西省体育局、山西省全民健身中心、山西球类管理中心、山西省足协等相关单位的领导以及关心山西足球的社会各界人士在出席仪式上为老将壮行。忽然很想问问自己："能踢到多少岁？"

我不是圈内人，做了圈内人的事，所以我不害怕失败；我不是圈内人，做了圈内人的事，所以我也害怕失败。

2016 年 8 月 2 日

【背景】2016 赛季太原足球联赛达到巅峰，一举创造 2 块场地、3 个级别、36 个工作人员、48 支参赛球队、1396 名球员参赛的山西纪录。获得如此成就的同时，也遭受极大非议：一个大夫，踢得又不好，懂不懂足球啊，凭什么是他？

足球赛事宣传三部曲：一是让懂球的人知道，二是让沾边的人知道，三是让无关的人知道。

2016 年 9 月

【背景】在认识广东刘孝五先生后，我才愈发地明白宣传的重要性，但即使明白这样的道理，我们在实际的足球赛事中，花在宣传上的投入都不足 10%。还好，我们充分利用了自媒体的力量，让我们可以在全省乃至全国面前展示自己，让更多的人知道和了解我们。

不只为冠军，更为酣畅淋漓地踢球。

2016 年 9 月 10 日

【背景】冠军固然令人向往，但一场酣畅淋漓的比赛同样可遇不可求。2016 年首届山西足球超级联赛（SSL）如火如荼地进行着，为淡化比赛竞争，享受足球，回归本真，我写下此句，向全体参赛球员倡导，获得一致共鸣。随后，我将此句加入山西足球超级联赛冠军奖盘的设计中。

人如果管控不住自己的情绪，我总觉得还需要努力。

2016 年 9 月 10 日

人终其一生，只有孩童时期是在为自己活着，其他时候都在为别人活着。

2016 年 10 月 8 日

【背景】联盟盛名之下我多有疲惫，加上本职工作的日益繁多以及来自家庭的压力，我难免感慨。不知道人到中年的大家，是否也有同感？

金杯有价，过程无价。

2016 年 10 月 12 日

山西足球不是任重而道远，是成功才道远。

2016 年 10 月 18 日

【背景】2016 年 10 月 16 日，首届山西足球超级联赛在中北大学落下帷幕，晋中晋之虎喜得桂冠，我在 10 月 18 日的总结综述中最后写道："这一冠，全省皆知，这一冠，全国知名，这一冠，彪炳史册。我们希望，这一冠书写无限辉煌，我们憧憬，这一冠影响山西足球。山西足球，每一步成功，都应该珍惜，每一步前进，都应该鼓励。山西足球，不是任重而道远，是成功才道远。"这样的论断，当时获得几千人次的浏览量。现在看来，这样的思想仍不落后，山西足球的每一步成功，哪怕微乎其微，都应该得到大家的鼓励和支持。

晋有美器山西盘，真容始出万杯灰。

2016 年 10 月 19 日

【背景】为将首届山西足球超级联赛（SSL）推向顶峰，打造山西足球的最高荣誉，我提议并亲自设计山西盘，得到大家的一致认可。山西盘又名晋之盘，奖盘呈同心圆状，直径为 50 厘米，总重约 12 千克，采用黄铜重金打造而成。奖牌正面外环采用银色配色，刻有"不只为冠军，更为酣畅淋漓地踢球"字样，下方刻有英文"CHAMPION"字样。内环为金色配色，环内雕刻有金色的山西足球超级联赛 LOGO，彰显冠军之师的无上荣耀，奖盘背面刻有山西足球超级联赛及山西盘简介。

我看起来有多么辉煌，背后就有多么的狼狈。

2016 年 10 月 29 日

【背景】通过两年多的努力，我在足球方面的设想一步步落地。到 2016 年底，我们得到了越来越多人的认可和肯定，好评如潮。可是，光鲜亮丽的外表下往往掩饰着超于常人的付出、辛苦和努力。

人们总在说结束，但只有心的结束才是句号。

2016 年 11 月 5 日

【背景】不管是足球还是人生中的任何事情，都因为投入感情而分外耀眼。因此，一次结束也意味着情感的回收，人生中没有那么多简单，只有太多的放不下。

再冷的冬天，也不能停下来。

2016 年 11 月 6 日

【背景】2016 年的 11 月，天寒地冻，但天气的异常并没有阻挡各队参加太原足球联盟杯赛的热情。看似强弱分明的比赛在那个冬日依然绽放出绚烂夺目的火花。

队员总是对自己有不一样的认识，但只有主教练才知道他应该站在哪里。

2016 年 11 月 14 日

【背景】业余球队里想要当前锋、为球队攻城拔寨的人到处都是，但不是拥有满腔杀敌心就可以把足球射到对方门里。实际上，不服从安排上场后乱踢的大有人在，每个人都觉得自己踢得没问题，但可能只有教练才知道你真正的位置，而这可能是每支球队都会遇到的问题。

宝玉将山西足球带入了视频时代。

2016 年 11 月 29 日

【背景】太原足球联盟和山晋传媒合作，首次在山西业余足球赛事中进行视频录制和直播，这在当时产生巨大影响，也进一步推动了联盟的发展，提升了联盟的区域影响力。这要感谢山晋传媒董事长张宝玉的足球情怀，此话高度概括和肯定了山晋传媒对山西足球的贡献。

2017 年

人在最风光的时候最容易失意，而不是得意。

2017 年 4 月 1 日

【背景】2017 年 3 月，山西省足球协会第六届会员代表大会上，我不仅当选为新一届足协执委，而且被任命为竞赛委员会主任，一时风光荣耀，备受瞩目。但当时的我始终保持冷静，保持清醒，写下此句，鞭策自己不可利令智昏，不要贪图名利，不能忘乎所以。希望在未来的足球路上，我能够继续得到所有支持者的帮助，能够继续得到所有指责者的批评，能够继续得到所有建议者的意见。

无论如何成功或者失败，总会有人非议。因为取得成功，品尝失败的不是非议者自己。

2017 年 4 月 4 日

感动往往来自瞬间，精彩全部源于坚持，眼泪总是淌在人心。

2017 年 4 月 10 日

精于足球，专于赛事，强于理念，重于梦想。

2017 年 4 月 22 日

人最重要的就是时刻明白自己所处的位置，如果我们连足球场上的位置都不清楚，也一定不清楚自己在生活和工作中的位置。

2017 年 4 月 27 日

【背景】忠言逆耳令人讨厌，甜言蜜语使人欢欣。人类这种天性容易产生自我认知的偏差，这句话或许正是人立于不败之地的法宝之一。

无情未必联盟心，有度方为足球人。

2017 年 5 月 8 日

【背景】曾国藩说过，心存敬畏，行有所止。如果我们在足球比赛中没有规则意识，对比赛、裁判和对手缺少基本的尊重，这显然背道而驰，伤及大雅。太原足球联盟 3 周年之际，总结纪委会履职情况，特别赠语。不讲情面并不是联盟初心，进退有度才是根本所向，希望纪委会继续坚定原则，坚守信念，坚持不懈为太原业余足球的发展保驾护航。

人们总在为年轻付出代价。犯错后，如果仍然不知是错，这就实在是可怕，因为谁都不知道下次犯错将会付出多大的代价。

2017 年 6 月 5 日

【背景】山西省足球协会换届后，各项赛事逐渐展开，总结既往从事足球竞赛的经验，《纪律准则》的发布势在必行。在全省各市足协秘书长会议上，我重点对《山西省足球协会纪律准则》进行了解读。

山西足球每一个前行的脚步都应该被包容、理解和支持。包容它所做过的，理解它所背负的，支持它所坚持的。这，可能是山西足球目前最需要的。

2017 年 6 月 11 日

【背景】山西省足球协会自 2017 年改选以来，一腔热血，满身激情，从全省业余赛事入手，杯赛先行，联赛后动，可谓披荆斩棘，势不可挡，给人以春风拂面的感觉，但想要沁人心脾，仍需要走很长的路。

父爱，如山西省足协杯赛上的雨。

2017 年 6 月 18 日

【背景】恒大 2017 山西省足协杯赛四分之一决赛，太原对临汾的比赛当天正值父亲节，比赛被滂沱大雨中断 30 多分钟，有感于球场上奔跑的男儿和远处那个冒着大雨，昂着头颅，迈着健步，一圈圈绕着球场奔跑，神情依然自如的男人，在省足协秘书长的动议下，我写下《父爱如山西省足协杯赛上的雨》以作纪念。

我不愿意别人见我只谈论足球，其实我是个医生，只是利用业余时间做了些有关足球的事情。

2017 年 7 月 5 日

【背景】有时候，专注于一件事情，别人会以为你出身如此、生活如此、事业如此。我对足球的热爱和努力，一段时间让大家忘记了我是个治病救人的医生。

只要不丢球，我就可以赢得比赛。

2017 年 8 月 14 日

【背景】看似无厘头的一句话，却是给队友最好的鼓励。我一段时间以主教练兼队长的身份带领医大兄弟足球队取得不俗战绩，先后荣获 2014 年"智波杯"冠军，2014 年太原足球甲级联赛第 4 名，2015 年太原足球甲级联赛第 4 名。2015 年联盟杯，从死亡之组出线，闯入 16 强。

有时候输赢真的不重要。那种参与其中的感觉特别好，当比赛在几周后结束的时候，再过些日子，我们会怀念当时在场上或者场边的感觉。

2017 年 9 月 4 日

【背景】经过两个多月的努力，在省卫健委机关党委支持下，创办山西省卫生健康委足球联赛（简称晋卫联赛）。省级各个三级甲等医院非常重视和关注本届比赛，医院各级别领导频繁出现在比赛现场为球员鼓劲加油。首届晋卫联赛不仅营造出"医生也疯狂"的足球狂欢氛围，同时也为医务工作者枯燥乏味的医疗工作注入了新鲜气息，成为当时轰动行业的大事、好事、新鲜事。

173

生命就在折腾，折腾的时候照照镜子，发现自己老了。

2017 年 9 月 13 日

【背景】如果真的等自己老了，发现这一生什么都没有留下的时候，我们是否会有遗憾？趁着年轻，为梦想打拼，多跑点路，多做点事，即使失败，镜子里的自己依然亮丽如初。

联盟就像江湖，有江湖所有的传说。

2017 年 9 月 22 日

【背景】任何组织从诞生、发展到壮大，没有谁能一帆风顺。无论是外部的压力，还是内部的动乱，前进的路上总是充满荆棘，联盟也不例外。

　　别担心，困难就像尴尬一样，都是暂时的。

2017 年 10 月 26 日

　　【背景】任何组织在发展的过程中都会遇到各种各样的困难。2017年年底，联盟遇到的困难让团队成员人心惶惶，产生部分人事流动，其中不乏骨干成员。但联盟之所以强大，离不开大多数成员的忠诚和不离不弃，人事变动只会产生更大的内生动力。

　　再冷不如心冷，再热不过脑热。

2017 年 10 月 28 日

　　【背景】联盟发展难免一时决断，充满意气，遇到挫折也不免茶饭不思，心灰意冷。其实人生亦是如此，把握好情绪，笑看起伏。

受邀即是礼遇。

2017 年 11 月 27 日

【背景】能够在岁末年初收到球队年会的邀请，是对自己最大的安慰。

联盟引领的是一个时代，而不是一场比赛。

2017 年 12 月 1 日

【背景】2017 年联盟杯，标志着联盟改革的开始，这也是联盟从人治到法治变革的开始。改革是主动的，也是被动的。

2018 年

我的眼睛里不是容不得半点沙子，而是容不下这半大不大的沙子里带着水。

2018 年 2 月 6 日

【背景】2018 年初，太原足球联盟基本度过困难时期，但后续的影响让个别成员盲目自大，居功自傲，这严重地影响到团队的建设和发展。

一个组织不把发展自己放在首要位置，而总是想着如何击垮假想敌，这其实已经是没落的开始。

2018 年 4 月 21 日

【背景】行业内的竞争在哪里都有，但是失去目标，忘了自己的核心竞争力，往往是搬起石头砸了自己的脚，最终陷入欺骗自己的恶性竞争中。

一个人只要心中有梦想，做什么都不会累，即使疾病缠身。

2018 年 4 月 20 日

【背景】太原足球联盟最让人感动的成员曹宇，网名泡泡。泡泡热爱网络直播，不断追求进步，是联盟的榜样，他在太原足球联盟发展过程中起到的作用不可忽视，值得肯定和鼓励。

继续做好自己，无须反驳，也无须辩解。联盟自有新路，自有天地。

2018 年 4 月 25 日

【背景】有时候竞争对手刻意的刺激让人不舒服，但比起联盟的终极目标，这些都是过眼云烟。在联盟眼里，没有对手，只有做好自己。

　　心里的防线远比阵型的防线重要，职业足球的胜负有时候抓的就是这一点点细节。

2018 年 5 月 6 日

　　【背景】"细节决定成败"这句话在足球比赛中能得到更好的诠释。

丢球一定是全队的责任，赢球也一定是整队的功劳。

2018 年 5 月 6 日

【背景】有时候我们抱怨队友的失误，赞扬他们的表现，却忽视了整个团队的作用。

喜欢上一项运动就像喜欢一个人一样，无论你有多忙，总会惦记着她。

2018 年 5 月 11 日

被效仿才应该开心，被模仿也无须失意。

2018 年 5 月 17 日

【背景】联盟开创的"丰功伟绩"，有些是独有的，有些是借鉴别人的，没什么专利，也没有任何保护。任何人和组织都可以学以致用，只要对山西足球发展有利，何必无奈失意。

短暂的除了烟花，还有比赛。意犹未尽才是恰到火候。

2018 年 5 月 14 日

人生不能假设，生活没有如果。小朋友们，输了不要气馁，赢球也别骄傲，一场比赛的胜负只关乎瞬时的情绪，但一场比赛的进步才可能是关乎一生的所在。重要的也许不是过程，也可能不是结果，如果你没有亮相，而是缺席，才是最遗憾的。

2018 年 5 月 15 日

　　我想很多人和我一样，在平凡的比赛中一直努力展现那个最好的自我，而能够在球场上找到快乐全是源于我们不断的坚持。如今到了我们这样的年纪，更懂得坚持的珍贵，坚持才是一个人最值得骄傲的品质，这是懂事后的我们最想追逐的东西，也是我们想要通过足球运动传达给孩子们的核心。

2018 年 5 月 24 日

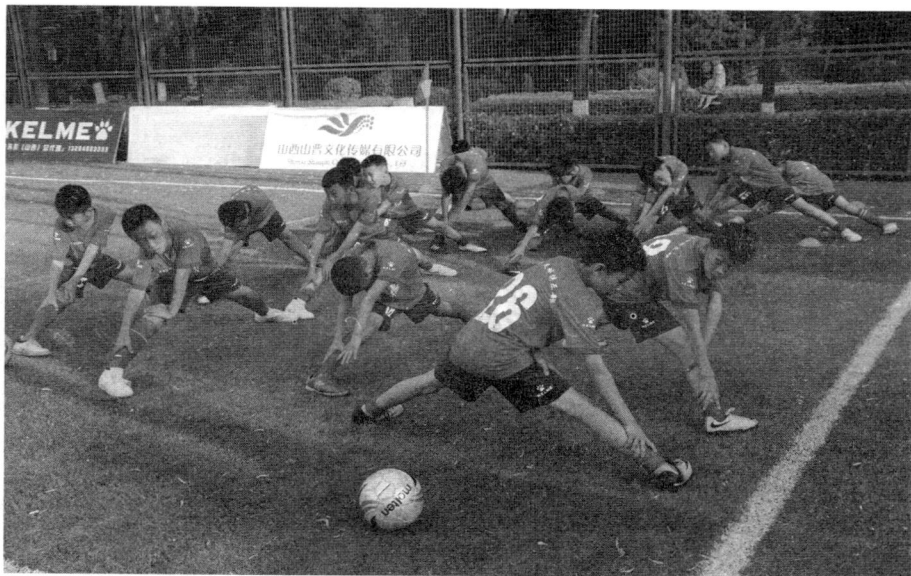

当然，我明白孩子们想要上场的渴望，也理解父母们看到孩子没有上场的失望。但这就是足球，如果我们没有得到想要有的结果，那是否告诉我们仍然需要付出足够多的辛苦，毕竟这是一个团队、一个集体，无论是在场下或者场上，你都得付出努力。无论如何，请记住，上天总会"垂涎三尺"那些更加努力的孩子。

2018 年 5 月 29 日

　　无论在足球场上，还是在人生的奋斗场上，自信都是成功的第一秘诀。迷人的不是我们漂亮的外壳，也不可能是自卑和自负驱使的身躯，而是自信下散发的光辉，这光辉照耀着大地，也照耀着我们的内心。

2018 年 6 月 6 日

　　是啊，我们很容易被这样的人感动，因为我们就是一直在感动别人的人。积极的能量就像阳光，无论照在哪里，总会带去温暖，即使存在阴影，也带着温度。

2018 年 6 月 13 日

　　足球告诉我们，恨要忘记，爱要坚持。

2018 年 6 月 29 日

　　一支球队不怕经济破产，最怕精神破产。

2018 年 7 月 7 日

有人欣赏，就有人嫉妒；有人喜欢，就有人讨厌。

2018 年 11 月 20 日

足球就是这样，能感受快乐，能承受惊喜，也要能接受失望。

2018 年 11 月 20 日

千篇一律难有梅西，压抑束缚也不会有克里斯蒂亚诺·罗纳尔多。

2018 年 12 月 8 日

我那些所谓的影响力不叫影响力，这本书及它背后的努力和付出才是真正的影响力。

2018 年 12 月 8 日

【背景】2018 年 10 月 23 日，扎根在武乡县二中做足球教师的申宇凯通过朋友姜晨晖对我传达他的想法，由于我在"山西足球的影响力"，想让我给他们正在编著的一本《武乡二中足球校本课程》写个序。对此，我颇为震惊，我所震惊的不是我的足球成绩被县里某人熟悉，而是在山西贫瘠的足球土壤上，每个县总有那么几个人，默默无闻，却又心怀天下地做着一些认真而又基础的事情。

基层足球教练员们孜孜不倦的努力才是中国足球腾飞的动力源泉。

2018 年 12 月 8 日

人都是自私的，如果能在别人都自私的时候不自私，那就是大公无私。

2018 年 12 月 29 日

2019 年

　　届时，我们相信通过比赛为孩子们积攒的记忆，就像《流浪地球》的热度一样，将和联盟办赛的热血、派迪茵赞助的热忱、各路媒体的热心以及孩子们踢球的热情一起，经久不息，一生永存。

2019 年 2 月 10 日

　　【背景】山西省足协主席李振生希望我们要多举办青少年的比赛，多关注青少年，多帮助青少年。2019 年冬，我为即将进行的太原足球联盟杯青少赛预热，写就《拿什么和〈流浪地球〉比热度?》来宣传即将进行的山西足球历史上最大规模足球青训机构之间的比赛。

　　无论是队友，还是对手，在足球面前，只有爱。

2019 年 2 月 13 日

年轻人，无论是顺境还是逆境，调整好心态就是自己的意境。

2019 年 2 月 17 日

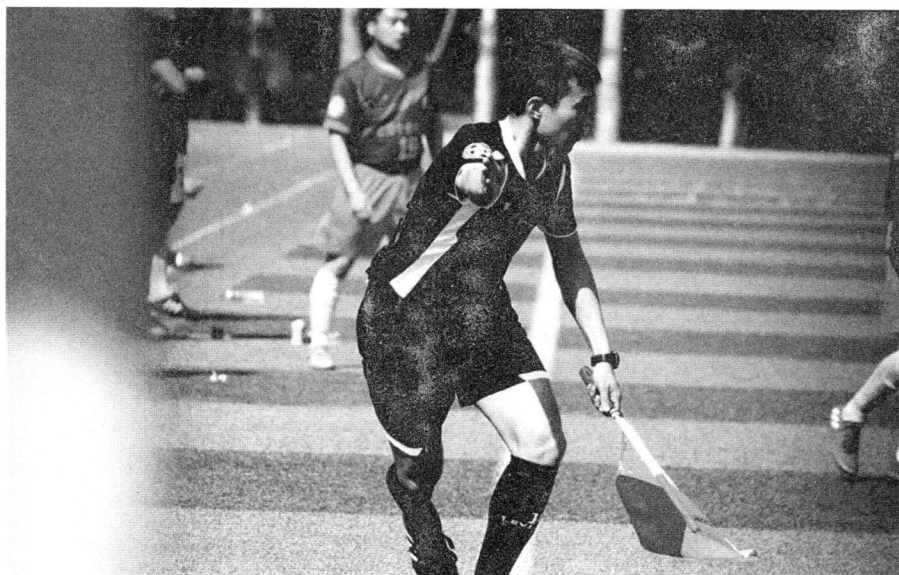

只要能跑，球场就是你的家。

2019 年 3 月 7 日

努力不一定有收获，但总是有机会。

2019 年 3 月 13 日

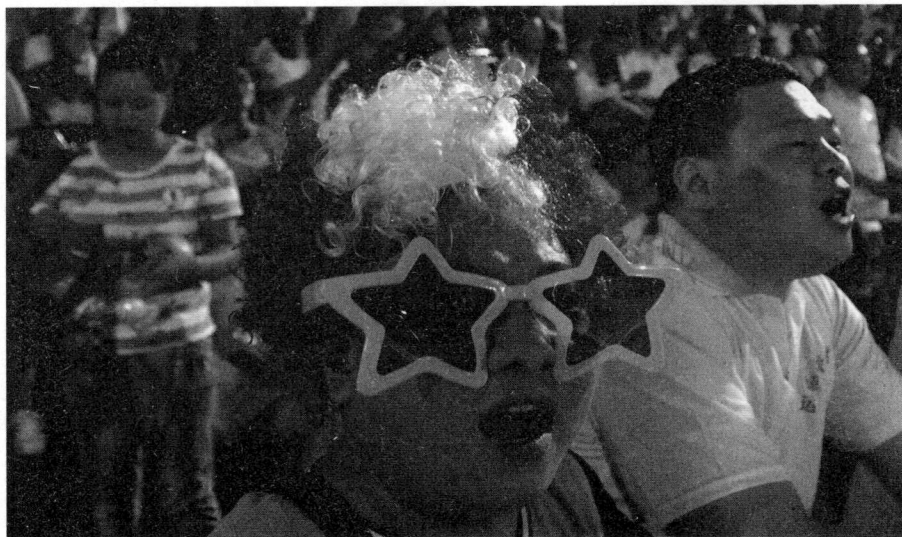

有时候我们不仅感动自己，还感动别人。

2019 年 3 月 26 日

中国足球的未来在幼儿园。这既是预言，又是现实。

2019 年 4 月 5 日

如果你年轻，除了经验，什么都是容易的。

2019 年 4 月 6 日

搞足球运动，胆子要放到最大，步子要迈到最大，只要坚持党的领导，不违法，不乱纪，什么都可以搞，什么都可以做，什么都可以试。

2019 年 7 月 21 日

【背景】我参加祁县足球协会成立 10 周年座谈会上的总结讲话。

我们还在拼命踢球，就是为了逞强好胜。说白了，都想用尽全力，去挽留那即将逝去的青春年华。没错，我们都知道这个故事的结局，最终什么都挽留不住，但人的一生，谁不曾想过对抗自己的命运，谁又不曾为了那不可能的事情努力过？

2019 年 9 月 1 日

2020 年

人这一生，转身太难。

2020 年 3 月 4 日

进球的感觉就像刚刚合上一本读完的书，回味无穷，而又意犹未尽。

2020 年 4 月 8 日

　　"我觉得"总归是"我觉得"，"教练觉得"才应该是真正的"我觉得"。

2020 年 4 月 12 日

　　小时候，不知道有足球，等长大了，得告诉小朋友，什么是足球。

2020 年 8 月 23 日

　　生活和工作，就像踢足球，总有磕磕碰碰，关键在于和谁一起去面对。

2020 年 11 月 7 日

　　人们总以为我爱足球，其实我爱的是生活啊。

2020 年 12 月 1 日

2021 年

防守是球队进攻的源泉。

2021 年 6 月 20 日

没有防守，再犀利的进攻也将"死"在防守上。

2021 年 6 月 20 日

防守反击永远是世界足球的主流打法，没有例外。

2021 年 6 月 20 日

有的时候，你能在球场上闻到队友或者对手球衣球袜没洗带来的"酸臭味"，那至少说明他还年轻，因为这味道代表着我们曾经有过的过去。

2021 年 9 月 4 日

没有势均力敌的对抗，替补席上的球员也如今日的太阳，懒洋洋地诉说着场上每个球的无聊。

2021 年 9 月 12 日

球场上的每一个错误，无论是谁，都需要原谅，也都可以原谅……

2021 年 9 月 12 日

2022 年

　　一场比赛结束后，大家各自散去，如同一场电影的散场，拍屁股走人的身后，满是刚刚上演的精彩，抑或是无聊。

2022 年 1 月 7 日

　　人们总说踢足球能这，能那，能干啥，其实哪有那么复杂，踢球就是能带来快乐，不管是对青少年，还是对我们，这最基本、最动人心的意义早已足够，赋予太多的解释，太沉重，也太矫情。

2022 年 3 月 14 日

第五篇

我的业余足球路

我的业余足球路

1997 年，我与足球结缘，从此爱上她，无法自拔，直到本科毕业。

2004 年，我膝部侧副韧带撕裂，淡出足球圈。

2007 年，因冯富强、凡浙录我加入山西省人民医院足球队，回归足球，从此一发不可收拾。

2010 年，我硕士毕业，在父亲的资助下，在原平市委市政府的支持下，成立山西省首家县级足球协会——原平市足球协会。一年后，我凭借一己之力将原平市踢球人数从个位数提升到三位数，并深深地影响和带动了周边县域足球的开展。

2014 年，我成立太原足球联盟，创办太原足球联赛、太原足球联盟杯等多项品牌赛事，开始了足球探索之路。

2015 年，我恢复中断 16 年的太原、大同足球对抗赛——"并同杯"，尝试走出太原。

2016 年，我联合樊晓斌以及全省 11 个地市的足球爱好者，创办山西足球超级联赛（SSL）和晋 5 联赛，开启并踏上了省级足球运动之路。

2017 年，在第六届山西省足球协会会员代表大会中，因填补太原市和山西省足球运动大部分空白所带来的影响，以及受山西省足协主席李振生的提携，我进入山西省足协任执委，兼竞赛委员会主任。后半年，在于雁玲女士的帮助下，我创办山西省卫生健康委足球联赛（晋卫联赛），影响全省数十家省市三级医疗机构，并一举推动了省卫生健康委其他文体活动的开展。

2018 年，旗下赛事向青少年足球比赛转型，U11 青少年的比赛率先亮相，孝义青年队和太原爱德队的决赛得到了海尔公司的大力赞助。

2019 年，我全面参与中华人民共和国第二届青年运动会的赛事保障工作，开启医疗与体育、本职工作与业余爱好相结合的跨界发展模式。

2020 年至今，我专注享受个人的足球时间，努力在"山晋谢周六"这支业余足球队中找寻自我。

后　记

2022 年 5 月 19 日晚，我在华为旗舰店为爱人购入一部 P50 Pocket 鎏光金版手机，花费 10988 元；在当当网下单了打折的《百年孤独》《我的前半生》《南京大屠杀》等 6 本书，花费 205.90 元；在路边的流动水果车买了一个五瓣儿的榴莲，花费 205 元，以上总计 11398.9 元。

本来我以为，手机可以使爱人欢心，图书能够让我开心，而榴莲，则使我俩舒心，如果各管各的，也似乎没什么不妥，可是放在一起，就形成了天然的对比，对爱人来讲，榴莲太贵了，而于我来说，书也太不值钱了。当然，价值是相对的，手机贵在天天需要使用，还可以适时地炫耀；榴莲贵在它是水果之王，太原本地无法种植和培育；图书饱含作者心血，有些历经数载，有些还搭着作者生命，然而这些书不仅价格不高，还得打折出售。我懒得去思考这背后的原因和逻辑，但也不得不承认里边透露出当今天下没什么人在看书的事实。

我不该断想，但这却是自己身边人的现状，即使是身在一个满是高级知识分子的医疗机构里，也不能避免。

我曾想要通过自己的努力去影响周边的人，但成效甚微。书里到底有什么，值得去看？书中的颜如玉、书中的千钟粟、书中的黄金屋到底是不是真的？

于是乎，我常常在想，我是不是写了一本没有人看或者说是需要好好打折才能卖出去的书。写一本没人看的书，和写了书没人看，哪个更难呢？

按照预想，本书或许有这样的命运，我希望能够得到读者共鸣的"小九九"，就像水中的肥皂泡，说破就破。

人就是这样，有时候妄自菲薄，有时候又得意忘形。事实上，哪有没人看的书，开卷不是有益吗？忻州师院的周宁老师不正是因为书里的几句话而受益匪浅吗？太原第二十九中学的姜晨晖老师不是一直给予我最大的认可吗？

再说了，能够将自己积极的思想传播，无论是潜移默化地，还是显而易见地，不正是自己坚持下去的最大动力吗？所谓我的写作目的，不就如此的单纯吗？

说实话，我幻想过无数次自己写的书的模样，但没有想到真的会有这么一天，我也可以像打开其他人的书一样，规整好自己的桌面，推远有可能洒出水的茶杯，然后小心翼翼地撕掉塑封薄膜，卷成一团，起身扔到门口的垃圾桶中，再回身慢慢坐下，就像生怕打扰了刚刚入睡的婴儿一样，屏住呼吸，轻轻地将它前后翻转，如痴如醉地将封面图案和腰封一一欣赏，最后，郑重其事地翻开第一页，任由它的墨香侵袭着自己，陶醉其中。这让我想起了我为什么要将业余足球（草根足球）写成文字，并出版成书的原因。因为我始终认为，中国足球的未来在业余足球，在草根足球，忽视它们，如同忽视房屋的地下基础，长此以往，中国足球一定不会拥有未来。

另外，我也想将此书的出版作为自己在足球领域一个阶段的结束，如同书写的文字，画上一个句号的同时，去开始另一段记录。至于句号前的故事，是惊涛骇浪呢，还是平静如水，我觉得，都不如另起一段重新开始更加值得期待……

今天是 5 月 20 日，一个寓意极美的日子，人们最容易在这样的日子里"冲动"，但冷静的我没有忘记将手机、榴莲，还有书的"价格对比"告诉同行的爱人和儿子，躲在后排玩手机的儿子语出惊人，一语中的："书的价格是低，但进了你的脑子，那就高了。"

…………

瞬间的沉默后，是我永久的释然。

2022 年 5 月 20 日